U0881539

午后的岁月

叶兆言 余斌 著

译林出版社

图书在版编目(CIP)数据

午后的岁月 / 叶兆言，余斌著．—南京：译林出版社，2024.1(2024.10重印)
(叶兆言作品系列)
ISBN 978-7-5447-9230-1

Ⅰ．①午… Ⅱ．①叶… ②余… Ⅲ．①访问记－作品集－中国－当代 Ⅳ．①I253

中国国家版本馆CIP数据核字(2023)第242434号

午后的岁月 叶兆言 余 斌／著

责任编辑 熊 钰 焦亚坤
装帧设计 胡 苨
校 对 孙玉兰
责任印制 闻媛媛

出版发行 译林出版社
地 址 南京市湖南路1号A楼
邮 箱 yilin@yilin.com
网 址 www.yilin.com
市场热线 025-86633278
排 版 南京展望文化发展有限公司
印 刷 江苏凤凰新华印务集团有限公司
开 本 850毫米×1168毫米 1/32
印 张 7.75
插 页 2
版 次 2024年1月第1版
印 次 2024年10月第2次印刷
书 号 ISBN 978-7-5447-9230-1
定 价 58.00元

版权所有·侵权必究

译林版图书若有印装错误可向出版社调换。质量热线：025-83658316

目 录

068　　二〇〇〇年三月二十一日

现代文学总体上是平庸的，还不如说是那些史料对我有些好处

095　　二〇〇〇年四月五日

我想我的世界观，我的文学标准和尺度，都是外国文学作品给的

118　　二〇〇〇年五月二日

要是你被流放，我劝你带上一本《林纾选评古文辞类纂》就足够了。说到底，我还是喜欢周作人，他一生好像在写一部著作

135　　二〇〇〇年五月十五日

诺贝尔奖注定是尴尬的，注定让中国作家哭笑不得

149　　二〇〇〇年五月二十三日

好电影会使作家产生强烈的试一试的欲望

165　　二〇〇〇年六月二十日

作家有时越写脾气越大，越写越理直气壮地有许多坏脾气

序

余　斌

还是读大学本科时，有次到叶兆言家找他玩，他好像是受家里人指派买东西去了，只他母亲姚阿姨一人在家。姚阿姨是不会让客人冷落的，即使是我这样的晚辈。坐等的当儿，她问起学校里的情形，还给了我一问："你看兆言这个人怎么样？"我骤然间有种考场上答不出题的惶惑。然而长辈有问，即属偏题怪题，不能不答，我还真想了一会儿，最后硬着头皮不得要领地答了一句："兆言人好。"——是说他厚道、正派，还是指别的什么，我自己也说不上来。

与叶兆言相识相交，转眼间已二十多年，说对他全无所知，那是假的，有的地方，我自信还知之甚深，但事情就是这样，有时你接触越多的人，越难说出个子丑寅卯。这次因搞访谈录，不时地出入往事，不由想到与他相交的种种，也就想到作为朋友的叶兆言。

朋友有好多种，我想叶兆言不属于那种豪气干云、割头换颈的朋友。“为朋友两肋插刀”之类的话用在他身上是不大合适的。虽说他时常给人大大咧咧的印象，提起朋友，“哥们”“铁哥们”的豪语也会脱口而出，但他身上委实并无多少江湖气。大包大揽，人我不分，在朋友面前拍胸脯，打包票，为朋友强出头，皆非他的本色。“君子不党”“死党”式的朋友，严格地说叶兆言大约没有。这么说并不意味着他不“仗义”，不“够朋友”，正相反，他很看重友情，对朋友，特别是“旧雨”，他是时在念中的，而且能尽力处，一定尽力。比如他现在算是名人，若有朋友请他写文章捧捧场，他多半是应的，有时朋友无所求，他也会想到，会惦着，只是他不会说过头话，吹得离谱。反过来，我有次写了篇评他小说的文章，字里行间并非没有一点“微词”，他当然不会看不出来，也未必就同意我的“微词”，可文章还是经他手拿去发表了。他不喜滥施友情，也不会滥用友情，与他平素的为人一致，这上面有他的一份蕴藉，有他的分寸感。

朋友之间言“分寸”，似乎显得生分。研究生毕业后，我和他还时相过从，只是渐渐都有家有口，人到中年，繁杂事都多，同窗时的朝夕盘桓是再没有了，有时他打电话来有事相托，比如帮他查个资料，借个书什么的，总要问麻烦不麻烦，并且总不忘叮嘱，太麻烦就算了。即如这次搞访谈，事先与我商量，也是有几分试探的意思，其实我不是他那样的忙人，而且邀我合作，于我也未尝不是件有面子的事。有几回谈话过后，他发现我的话不多或是不大随便，便促我放开些，言下颇有些歉然，好像担心对话不够平等，没的委屈辱没了对手。他这些个礼数，我初时还有些不习惯：朋友嘛，何须这些？后来年齿加长，阅人既多，就发现这实在是他的好处。并非仅出于礼貌，也不是生性拘迂，是朋友相处，他有一个“敬”字在里面。我的意思是说，他尊重朋友，不自我中心，能为朋友设身处地。朋友相处而有“敬”，我觉得比称兄道弟两肋插刀之类更难得，至少现在是如此。

不党，有敬，这与其淡如水的君子之交，是庶几近之了吧？这上面叶兆言是有些旧派的，恐怕与他们家的家风大有关系。交友之道也见其人，叶兆言看上去有些名士派，不过依我之见，骨子里还是有温柔敦厚的君子之风。

想到上面这番话，是因为叶兆言不止一次对我说访谈录也是对友情的一种纪念。当然不全是为了友谊，年初他说起这事，我一诺无辞，甚感荣幸之外，也有一份好奇心：两人过去在一起，说过的话已非车载斗量足以尽之，但这几年来往已是少而又少，有时几个月也不照面，即使见了面也不再有往日的联床夜话、促膝长谈，我不知道现在坐下来是否还是过去谈话氛围的延续。此外，过去是关起门来，海天湖地漫无边际，此番面对了录音机，自然不同，我很想知道会谈成个什么模样。我对琢磨人有兴趣，还想看看叶兆言如何“表演”。现在书已完成，我发现它与我的想象颇有距离：有的话题，我以为很有意思的，没说；有些话题，说了，却未能尽兴。原因当然非此一端，不过有一端该我负责。我指的是访谈过程中我一再陷入角色的尴尬：在某种程度上，我该扮演主持人或是记者的角色，可大约是太熟的缘故，我常常忘了自己的这重身份当甩手掌柜，倒是叶兆言“反客为主”地导引话题。有时则又过于意识到这职守，用叶兆言的话说，就是没有利用好我的优势，令谈话有时不那么生动、精彩。

可以补救这一点的是叶兆言的坦诚。议论起这本书时，叶兆言说的最多的一个词是“不要装孙子”。除了不要玩理论，多谈切近生活的话题之外，这也是对读者实话实说的意思。当然，这也算是公开场合，不可能当真像两人私下交谈，可以放言无忌，以他的分寸感，自是当讲则讲，不当讲则不讲，不过谈到他自己，说到他的不自信，他之相信“帮夫运”之类，却都是大实话，而且说得实在，一点不矫情。这里很可见出他的诚笃。

谈话当中出现频率很高的一个词则是“温馨”。叶兆言素来讨厌浪漫主义式的感情洋溢，这样颇带情感色彩的词若在他的文章里出现多半会是很节制的，这一回说出来却不大吝惜，以至我还擅自做主删掉了几个。这当然是回忆引出来的，也说明他很是念旧，里面当然也包括我们过去的交情，否则他也不会将一部并非叙旧的访谈视作对友谊的一种纪念了。只是“纪念”这词不大好，纪念的对象总是已经逝去的东西，纪念有时就意味着埋葬。我是希望与他一直保持这份友情的。毕竟，有这样一个朋友，不易。

二〇〇〇年十一月一日　西大影壁

二〇〇〇年二月十八日

想上大学的欲望那么强烈，超过了其他冲动

余斌（以下简称“余”）：好像你对“访谈”有过微辞，现在却想通过访谈的形式，弄一本书出来，是不是觉得有些尴尬？

叶兆言（以下简称“叶”）：是的，不仅尴尬，而且有些发怵。见过一些和我有关的访谈录，总是忍不住想，这些东西是否真和我有关。有人根本就没和我谈过话，仍然写了这样的文章，有人确实访谈过，可是变成了文字，怪怪的，自己看着都觉得陌生，人赃俱获，你还真不能说什么。

余：我们只是聊聊天，你别老想那会是一本书。不就是清谈吗？你讨厌演讲，清谈我知道你是不反对的，而且喜欢清谈。据说现在常有人请你去演讲，真难想象你如何在大庭广众之下高谈阔论，但几个人在一起聊起来你的滔滔不绝侃侃而谈我是领教过

的，想当年我们在一起最重要的活动就是清谈，聊上半天还欲罢不能也是常有的事。当然有不少言不及义的废话，不过也有些是可以美其名曰“火花”的。这么些年过去，阅历广了，又积下许多写作的甘苦，聊起来必有另一番兴味，过去我们时常谈论的话题再拿出来谈，也会谈出一些新意来，没准里面就有不少火花。你不是总喜欢说，要用文字把脑子里想的东西固定下来，因为思想的火花一闪即灭吗？现在我们做的事，只不过是把说过的话变成文字，虽然说过的话不一定有思想。电话里你说已经为访谈录想好了书名，“午后的岁月”，说明你还是有备而来。怎么还没谈，倒已先想好了书名呢？

叶：这是我的习惯，名不正则言不顺。没有名字，我就没办法开始工作，人是一个习惯的动物。

余：你就先来一番“破题”吧。

叶：很简单，每天上午我都写作，写作是我生命中最重要的事情。写完了，一天也就结束了，换句话说，一天刚刚开始。这本书的特殊性，在于它是在午后进行的，是我生命中另外的一部分。它既是一个现在时态，不断地开始和延伸，也是一个过去时态，因为说的都是过去的事情。

余：通常的说法似乎应该是“午后的时光”——有点英国人

喝下午茶的味道——“岁月”在后面好像有点拖不动。不过我觉得这书名不错：在通与不通、有理无理之间，歪打正着，有几分词语上的陌生化效果，也许有点异样才更容易让你找到你所需要的谈话感觉？

叶：也许是吧。

余：好，言归正传。不止一次听你谈到过想上大学，这好像是桩谈起来总是能让你激动的事，那我们今天就从想上大学开始谈起，如何？

叶：行。你比我小三岁，从表面上看，我们两个有相似的经历，在大学同窗七年，但更多的还是不同的经历。虽然你也当过工人，但毕竟你才干了几天，你没有这种想上学的强烈体验，而我对读书的迫切愿望，现在回想起来，是最刻骨铭心的一件事情。整个青年时代最重要的一件事情，就是想读书，每当我打开这个话题时，就觉得津津有味。人总是会情不自禁地回忆，我有很多散文都写过这件事情，其中有一篇散文的标题就是《想读书》。我中学毕业是一九七四年，程度非常低。我想中国最没有文化的一代人，就是比我大三四岁，然后到我为止的这一代，因为前面有老三届，起码中学教育是完整的，在我后面的这一批，譬如你们，赶上邓小平回中央主持工作，还稍微学到一点东西。我毕业的时候，数学考的是珠算，而且只学到乘法，整个几何只做了一个模型。这种程度和现在初一的学生差不多。现在，我女儿总说，你们那时候书是怎么读的，快活死了。

余：我也就晚你几届，好不到哪儿去。刚上中学时物理、化学这些课都没，那时叫工业基础知识、农业基础知识。

叶：但你们好歹赶上了一个“回潮”，我们整个没这概念。我记得印象很深的是初中毕业，班上有很多年龄大的人，初中毕业就可以工作了，当然他们很高兴，早工作早拿钱，而且工龄也长了。我的年龄得继续上高中。高中是两年半，整个高中期间，每年学工一个月，学农一个月，还要军训，几乎没好好读过书。整个中学给我的印象，只是到临考试时背一下课本，能这么做，已经是好学生。

余：那时就有想读书的情结了吗？想学些什么？

叶：当然不会。一个人在读中学的时候，还没有这个脑子。轻轻松松，这有什么不好？

余：也是。否则就要算天生的“读书种子”了。那你什么时候开始有了强烈的想读书的愿望？

叶：中学毕业，特别是当了工人以后。人总是在失去了什么以后，才会感到珍贵。高中毕业后的一段时间，是我一生中最悠闲的一个阶段，那是真正的无所事事。高中毕业我待业一年，这一年实际上是我爷爷的秘书，我照顾老人家，听他聊天，陪他去看他的朋友，在他的身边乱看书，看了很多现代派诗人的诗。当时人活着对什么无所谓，因为这个社会没有任何希望，没有前途这样的概念。按照当时的标准，我面前的路倒是比较光明，我是独子，不要下农村，迟早会有个工作，我当时没有危机感。待业一年后，祖父依依不舍地让我回南京工作，因为当时工人阶级是个很美好的词，他没有阻拦我，我进工厂的时候，应该说是皆大欢喜，虽然是一个非常小的小厂，但是面对下乡，我这个二三百人的小厂就是个很不错的单位，而且我的工种也不错，是钳工。

我产生想读书的愿望，是进了工厂以后。愿望是由于那种完全机械的工作，整天没有一点乐趣的生活逐渐造成的。在恢复高考之前，我只是单纯地想读书，学点东西。恢复高考后，突然感觉到上大学成了唯一的目的。想上大学的愿望是那么强烈，甚至超过了其他任何冲动，这让我想起来都有些不好意思。那年头，有的女知青为了上学，不惜出卖自己的贞操，不少大队干部，也理直气壮。我想我当时要是女孩子，也遇到这样的事，怕是不能幸免，因为想读书的念头足以让人失去一切理智，这似乎是件物有所值的买卖。

余：有这么严重吗？

叶：就是这么严重。人是个奇怪的动物，有书读的时候，你绝对不会想到上学是如何的好。人贱得很，越是没有，就越想，越是得不到，就越疯狂。当时形式上的读书气氛还是有的，譬如到处提倡办“七一二工人大学”，各个厂都自己牛皮烘烘地办大学。我们那个小厂就和北京理工大学（当时还是北京工学院）联办，那时候，有个老师带着一群学生来我们厂实习，一方面搞科研，一方面就像做好人好事一样，为我们这个大集体性质的小厂办工人大学。这是那个特定年代里的一幕情景喜剧，我进了工厂后，突然变得很上进起来，虽然不知道自己想学什么，可整天就是想学习，仿佛大姑娘想嫁人一样，嫁给谁不知道，只是春心洋溢，已经做好了充分的爱的准备，就等着实实在在地去爱一个人。自己厂里要办工人大学，我非常积极，连做梦都兴奋。我那时候在厂里学技术比较用功，老师傅都很喜欢我，都觉得厂里办大学，对我这样想上进的人是个好机会。我在厂里人缘也很好，有一个我最好的朋友，他是电工，对上不上工大是无所谓的态度，我拼命劝他去。他撒娇不肯写申请，我就自己写一份申请，又代他写了一份交上了。很快，厂里的批文下来了，可是，唯一刷掉的一个人却是我。

这是我一想起来，就觉得恶心的一件事。刷掉我是因为办这事的人跟我过不去，他跟我过不去完全莫名其妙。当时一个老师傅问他，你为什么不要他，他说，他没有培养前途。他这话也许有理，因为他手上有那么点狗屁的权力，他说没前途就是没前途。事实的真相，是他让我替他买药，一种很贵的自费药，第一次买了就没付钱，后来又要，我父亲觉得他是敲竹杠，让我拒绝，因此就怀恨在心。有种小人是绝对不能得罪的，你要拒绝，那好，你就别想上学。就这么简单，就这么赤裸裸直截了当。这件事曾让我很伤心，为什么我这么计较这件事呢，因为在上班时间，跟你一起进厂的那些学员到时间就可以学习去了，而你还在干活，而你又是那么想读书。我那位好朋友说，反正我也不想读什么微积分，既然是你替我报的名，你干脆替我去上课算了。

当时我心里真的很难受，你觉得你被什么东西咬了一口，就觉得窝囊，憋气，又无可奈何。后来我就去上夜校，这谁也拦不住，因为是下班时间。那年头只有傻瓜才在下班之后去用功读书，当时夜校和扫盲班一样，工厂的工人去读不用花钱，我就报了机械制图和高等数学，一个星期上两晚上的课。

余：那时的夜校是不是也没有文科？

叶：夜校有语文，但那时候我对于语文没什么感觉。对我来讲，最正常的就是学自然科学。

余：那时候，上夜校有什么好处？

叶：没有什么好处，你只是找到了一种打发时间的方法。

余：你没有在自己的工厂上学，是不是特别伤自尊？

叶：也许吧，其实这个工大也是扫盲班，或许还不如夜校，它只是一个形式，提供了一个机会，实际上学不到什么东西。它对我造成的印象，无非是大家原来在一起上班，到上课时间他们可以洗手学习去了，而我还得继续干活。我真不值得为这样的事耿耿于怀。这些人去上课了，你孤单单地留下来，真有一种另类的感觉。我读夜校也是另类，因为那年头读夜校的人不是很多。

余：这种夜校显然也改变不了什么，比如个人的前程，你何以那么起劲？

叶：非常简单，说穿了，还是为了想做一个非常好的工人，因此会去学机械制图。当时的社会十分简单，没有什么娱乐，我只有两个爱好，其中之一是照相，另一个就是读书。那时人的精力过剩，时间太多，读书就是读书，没有什么目的，没有人想不当工人，因为工人还是那时候最好的选择。想上大学，不想当工人是恢复高考以后的事。记得当时很兴奋，整个夜校沸腾了，因为想读书的傻瓜都集中在夜校里。我敢说，后来的很多人才，就是夜校里的这些人。

我当时就是想读书，读什么无所谓。一开始是准备考理科，我在中学时自我感觉化学很好，于是就想学医。化学和学医究竟有什么联系，当时也没想明白。一听到恢复高考，机会来了，我很自然地就机会主义，连忙拿起化学课本，还专门去一个老师那里补习数学。

余：以前你学机械制图是别无选择，恢复高考后，选择就多了，按说你们家里的环境，应该让你自然而然地选择文科——

叶：——正好相反，我家里都反对我学文科，南京的家和北京的祖父伯父在这方面惊人地一致。我父亲因为被打成“右派”，很恐惧这个东西。对于我来讲，报考大学，考虑什么都有可能，考虑数学、化学、医学，甚至林业，都非常自然，唯一没有想到的就是文科，我做梦都没想到会考文科。恢复高考后，很兴奋地就准备考理科，当时也不太懂文理科之分，更不知道要求，到准备报名的时候，突然发现一个严重问题，理科要体检，我的眼睛体检不合格，因此，想上大学只能考文科，不能考理科。当时想读书的欲望很强，就临时改文科了，匆匆上阵，第一年虽然参加了复试，还是落了榜，落榜对我是个刺激，因为我发现自己很笨，很糟糕。

现在回想起来，我一度夸大了落榜对我的影响，其实落榜之后，类似的刺激还有，对我来说，并不比落榜影响小。当时我完全是个想读书的痴心汉，非常非常想上大学，但是我对考上大学并没有什么信心。我从来就不是信心十足的人，如果我有信心，后来就不会出现考取工人大学的那个波折。你一定记得，七七和七八两级学生之间实际相差只有半年，而这半年中，南京市机械局系统办了一个正式的工人大学。过去的工人大学是厂里推荐，这次却要正经八百地报考。考上了，由厂里出钱，读三年，于是我就去考了，结果以第一名的成绩考上热处理专业。

余：这是个有趣的插曲。

叶：因为我多少有点理科底子，山中无老虎，猴子便有机会露脸，我在厂里还是优秀的，当时十几人去考，我名列第一，一共取两个，很自然就取了，是热处理专业。想读书想读书，一下子柳暗花明，真的可以坐在课堂里上大学了，我父亲帮我分析，说热处理专业和化学也有关系，学这个或许也能学出名堂来。

可是，我并没有读这个学校，事实上，我不过只是去上了一天课。当时我还没有什么重点大学的概念，我放弃的原因，至今也说不清楚。我只记得那天去上课，感到很孤独，我谁也不认识，下课时，别人都在那侃侃而谈，非常自信。第一天上课的感觉非常不好，热处理专业是什么，我为什么要学热处理，原来不成问题的问题，都冒了出来。过去，我只是单纯地想读书，只要有书读就可以，现在，我突然对自己的真实想法有所怀疑。面对前途，我感到一大片空白，现在想想很温馨，但是当时对我却是一件很苦恼的事。我感到一种从未有过的孤独，可能孤独只是个表象，它只是想说明我内心对热处理毫无感觉，我和这个专业没有缘分。

记得那天上完课以后，我没有直接回家，而是去了电影院。是一部重新放映的老片子，我根本不知道电影里放着什么，一直坐在电影院里发痴，整个电影放完，自己还是稀里糊涂。看完电影出来，正好在电影院门口碰到一个小学同学，他问我现在干什么，我说我在市工大读书。那个同学没有任何反应，一句话没讲。这对我是个刺激，因为我真希望他能说些什么。他对我上这个大学没任何反应，我心里感觉很不舒服，他的沉默仿佛在暗示什么。现在回想起来，我当时的思想斗争十分激烈，真有一种世界就要停止的感觉，或者说只是一种恐惧，是一个人面对选择时的恐惧。因为在这之前，我从来就没有把握自己命运的机会，一切都是身不由己，没有任何选择。

我一直认为只要认真读书，学什么都能学好，学什么都是学。在家里，父亲从小给我一种教育，他认为一个人做一件事情，不管做什么，即使做一名普通工人，也要非常出色，这也是我做人的信念。按理说，我已经在学热处理专业了，就该认认真真地读下去，嫁鸡随鸡，嫁狗随狗，热处理是个非常有前途的专业，我还想怎么样呢？但是，我当时的感觉，就像要和你不爱的人结婚一样，那种恐惧让人喘不过气来。在以前，这绝对不是问题的，然而现在却仿佛到了世界末日。我突然意识到自己学不下去了，大姑娘已经上轿，要逃婚必须抓紧。

那天晚上回去之后，我没跟我父母商量，这种事用不着商量。幸运的是，我性格中那种不在乎的一面，起了决定性的作用。第二天，我没去上课，而是到厂里找我们的一个副厂长，问他我能不能不读这个学校。他开玩笑说：钱都交上了，你怎么能不读呢？我就说：那钱我来赔好了。他笑着说：不得了，就你们家钱多！直到现在，我仍然很感激这位副厂长，因为他见我决心已定，突然话锋一转，很严肃地说：说老实话，你不是这个才，你要是让我讲真心话，你就不应该读这个学校，你可惜了，你不是这块料，你应该有更好的机会。

余：他那个意思是不是说你是读文科的材料？

叶：也不一定是，他也许只是认为像我这样的家庭背景，应该去上一个更好的学校。其实我当时只是不想学热处理专业，想学什么不知道，不想学什么是清楚的。他给了我一个很好的台阶，他的意思是说，叶兆言你读这个书委屈了。有他这句话，我很轻易地退了学。退了学，除了高考，我已没有别的退路，那时候的用功和发愤，自己想想都感动。只能破釜沉舟，坦白说，我对自己是否能考上大学，一点谱也没有。我们厂的一把手对青年工人考大学很反感，开大会时，他板着脸说：有的人成天想上大学，以为自己怎么样，我看未必考得上。当时的压力确实很大，我这人并不聪明，学什么都比别人慢，于是为自己设计了一个退路，我想，要是考不上，那就再考，大不了脸皮厚一些，能考几年考几年，来点愚公移山的精神吧。

一九七八年第二次考大学的时候，我很紧张，考过之后，录取前，又闹了点小笑话。那时候，南大发通知比别的学校都迟。考过之后我去了北京，考分公布以后，我表姐对我讲，以这个分数肯定能考取重点大学，我就喜气洋洋地等消息。但是，周围的人都接到通知了，我却一直没收到。偏偏在这时候，我母亲单位接到一个电话，是南大招生的人打去的，问这有没有一个叫叶兆言的人，又说这孩子的眼睛不好，是不是因为打架。接这个电话的人跟我母亲关系不好，我母亲于是就非常多疑，怕她在背后说我什么坏话。便找熟人去打听，是拜托南大的教授吴伯匋先生，他和我父母都很熟悉，学问不错，做事却有些糊涂。他一本正经地来我们家，说你们家孩子这次没考好，我已经去问过了，没取，这没关系，下次再考，真考不上，让老叶帮他写个东西，签上孩子的名，发表出去，然后调到文化局去。吴伯匋“文革”前曾做过文化局的副局长，他老人家这么说，是莫名其妙地自说自话，有一种特殊的迂腐。

余：过去没听你说过，进南大还有这一幕喜剧。真是见性情，听来可以想见其人，《新世说》里现成的材料，可惜现在恐怕已很难见到这样的人了。

叶：你说得倒是轻松，在当时对我真是当头一棒。你无法想象当时我想上大学的欲望有多强烈，填志愿的时候不知怎么填，有人告诉我多填点，我就把文、史、哲都填了，按说只可以填两个选择，可是我冒冒失失填了三个，当时的如意算盘是，录取什么就读什么。结果如愿以偿，被中文系录取了，这一切，会让你感觉到，以前所有的事都有一种无形的东西在控制它，逼着往这条路上走，好像是命中注定的。也许，你会觉得这很好玩。

余：我觉得这很自然。

叶：能考上大学真是件快乐的事，在这之前，所有的快乐都没法和它相比，甚至以后也没有。当时我填的志愿，第一志愿是南京大学，第二是复旦大学，第三是北师大，第四是华师大，最后一个是山东大学。现在回想起来，只要一个不取，后面的都可能取不了。可见当时自己一方面拼命想读书，另一方面非常幼稚，也不知道找懂行的人去咨询一下。现在想起来，第一天去学校报到的时候，晕晕忽忽的，南大的一切都让我感到亲切。这个学校给我的最早印象，是小时候去看大字报，批斗当时的校长匡亚明，那是童年的印象。现在，十多年过去了，校长仍然是匡亚明，我已经二十一岁了，终于成了这个学校的一名学生。

也正是在这一天，我们成了同学，要说缘分，这也应该算。

万事开头难，虽说电话里商讨了好几回，临了还是手忙脚乱。叶兆言原先建议是否由我找个研究生掌管录音机，旁听了谈话，以后整理录音也方便。我唱了反调，一者担心第三者的存在有碍谈话气氛，二者若是当真旁若无人，“放浪形骸”起来，我也担心日后在学生面前难保“师道尊严”。于是乎自己动手。真不愧都是文科出身，操作老是出问题，不是这儿就是那儿，两个大活人折腾了半天，才算把录音机搞定。搞定了的录音机于我仍然是个威胁，没经过多少阵仗，我实在不习惯那玩意儿旁听，仿佛话一出口即铁案如山。叶兆言采访之类见得多了，见我时而语塞、结巴，不得不屡屡代我尽“主持人”之责。只是在我看来，他亦镇定不到哪去，或许是受我的紧张感染，他的语速越来越快，有时是因说得兴起，有时倒是要以滔滔不绝来避免冷场的尴尬。后来听录音，发现谈话中国骂来得真多，不雅的口头禅往往成了语气联结词，我怀疑这多多少少是下意识里要做从容潇洒状的结果，因为我们平日文明礼貌的水准断不似如此之低下。三字经之类理所当然地被清除了，同时清除的还有我的一些不得要领的插话，结果是叶兆言像是在唱独角戏。叶兆言是极看重“形式感”的，坚持谈话就应像谈话，可我看我的许多话实在是多余。好在这一回他是在谈个人经历，不少内容对于我也是新鲜的。也罢，这一次且听他的“独白”。

二〇〇〇年二月二十四日

在我看来，陈先生倒更像一位私塾先生

余：到南大报到，有什么感觉？

叶：感觉很好，虽然所有的人都不认识，但没有那种陌生感。

余：我就不懂，考上南京大学之前，你去上工大的时候，那不是也一样吗？面对的是同样的不认识的陌生人。

叶：是的，人的心情有时候真说不清楚。可能最根本的原因，还是因为热处理专业对我来说太陌生了，男大当婚，女大当嫁，你突然发现自己的一生就要嫁给你完全不了解的东西，这是最根本的恐惧。读中文系，情况就不一样，我当时也谈不上喜欢，起码是知道一点点，心里踏实。你知道你嫁给谁了，我不是那种好高骛远的人，我对自己说：就好好地读中文系吧，既然进了这个洞房，就好好地做人家的媳妇，嫁鸡随鸡，嫁狗随狗，一

条路走到黑。我拿到录取通知书以后，我父亲叹了一口气，说：唉，临了还是要搞文科。

余：你们家人让你不要当作家、搞文科，是不是怕惹事的意思?

叶：既是也不是。我父亲我祖父不愿承认搞文科没出息，他们始终回避着这个最本质的问题。我父亲讲得冠冕堂皇，他说，作家是不用教的，不用进大学，他是用这个来掩盖自己的恐慌。实际上，他骨子里并不赞成我上大学学文科，这是个是非之地，但是我父亲受祖父影响，坚持认为不应该干涉子女的选择，这是他坚定不移的民主思想，他是个家庭民主主义者。“右派”这事虽然把他害苦了，但是，他决不会对儿子说，因为写作这件事情被打成“右派”，这个事情就有风险，就不值得去做。他可以这么想，讲出来却是不现实的，因为这么说太俗了，你可以说这就是文人的酸。我父亲不愿我当作家是肯定的，他从不培养我写东西，而且他对写作这个职业并无好感，这种情绪也自然地传染给了我。所以，我一拿到录取通知书，父亲就给我设计未来要走的路。我父亲是一个很浪漫的人，他老是喜欢和我像兄弟一样地进行热烈讨论。最后，我们得出了一致结论，这就是研究外国文学。当时，我给自己定的第一步方案，是准备未来写外国人物传记，像莫洛亚那样，写出一大堆外国作家的传记。我的脑子里一片混乱，我和父亲都觉得写传记就是做学问，和写小说不一样。

余：我那时没这个概念，进大学后就是一个放松的感觉。

叶：我当时的确很浪漫，志大才疏，野心勃勃。比如想搞外国文学，就是写外国人物传记，也是想当然。我父亲对大学课程不了解，我也不了解，就觉得要上大学，真上了，事到临头，应该怎么做，糊里糊涂。现在想起来，倒是陈瘦竹先生对我的一番话，起了很大的作用。我父亲和陈先生很熟悉，有一次遇到陈先生，陈先生说：让你孩子来找我，我有话对他说。于是我就去了，完全是因为礼节。陈先生很高兴，让我说说自己的想法。我已记不清当时是如何胡说八道。他很认真地听着，最后说：兆言，不管你将来从事什么事情，都应该一个月写一篇小说，每个礼拜写篇散文，这是主要的。此外，每天两个小时外语，两个小时古文。当时我觉得这不可思议，我从来没写过小说，除了应考的作文，散文也没写过。再说，我又不准备当作家，写这么多干什么。

当时，陈先生给我的印象，不是什么中文系现代文学的祖师爷，几大教授的招牌根本吓不倒我。无知必然胆大，陈先生给我的教诲是应该怎么读大学。在我看来，他倒更像一名私塾先生，他老让人带信让我去，因为他要检查我的功课，要看我写的小说和散文，我觉得拿不出手，一直躲着不肯见。我不是个好学生，离他的要求相差甚远，但是他的治学方法对我有影响，我坚持每天写日记，每天学外语，学古文。大学这么多年，古文我没丢过，虽然没有什么了不起的进步，《古文观止》一类的总要反复看看，古文是可以反复看的。有时候想想，真得感谢陈先生，因为事实上，直到现在，我还在受这种影响。

余：我还以为你去见陈先生是因为你父亲给你设计的目标，陈先生对外国文学不也很熟吗？

叶：陈先生是学外文出身，但是他对我未来从事什么，并不是太有兴趣。未来干什么并不重要，他没告诉我以后应该怎么样，只是教我在大学里应该怎么学。

余：要知道上课之外该怎么做。

叶：古文和外语这两样东西可以让你没完没了。

余：这是比较硬的，懂就是懂，不懂就是不懂，其他东西没有标准。谈一谈当时你是怎么在古文上下功夫的。

叶：谈不上下功夫，不过是学一点最基本最皮毛的东西。高晓声给我开过一个阅读书单，他是乱开的，说学古文应该从《聊斋志异》开始，因为他自己的古文，就是从这本书开始启蒙。这是标准的野狐禅，有一段时间，我总是捧着《聊斋》，当然，阅读最投入的，应该是晚明小品，我对张岱很入迷，也喜欢归有光，看归有光很自然回到唐宋八大家，因为他提倡八大家，他提倡，我就不敢不读，阅读八大家又会很自然回到《史记》里去，这是很顺畅的一条线。按着这条线阅读，你会发现自己有些来头，但是，我们很喜欢鲁迅，你知道鲁迅以后，突然发现与八大家对立的魏晋散文也值得一读。我们说鲁迅的文章有魏晋遗风，章太炎、黄侃都喜欢魏晋，这也就是说，韩愈文起八代之衰，是苏东坡情绪化的包装，魏晋散文并不是人们想象的那么坏。天下的好文章并不是简单的一条线，古文是好是坏，认真读过了才知道。我印象中，王勃的《滕王阁序》并没有什么好的，太花哨了，跟归有光提倡的文风矛盾，但是归有光也不一定对。桐城把古文发展到了最高峰，也引到了绝路上，五四时称桐城为妖孽，还真不能说仅仅是意气用事。古文是个无底洞，我们这一代人，谁也不敢讲有古文底子，孙犁曾经说过，不要小看一本《古文观止》的功劳，我觉得这话很实在，很坦白。对于真正做学问的人来讲，这是件浅薄可笑的事情，不过，对于文科学生，认真读《古文观止》肯定有好处。我的古文底子就是《古文观止》《古代散文选》这类通俗教材给我的，学古文，偷不了懒，做不了假，学一点是一点，没学就是没学。

余：这和上课一样，古代汉语是很硬的东西，不一定是你过去知道的，读不通就是不通。

叶：所以今天回忆起来，上大学时仿佛就两门功课认真，一门古代汉语，一个是外语。

余：你那个写传记的计划当真有过实际的步骤？

叶：根本没有，有时候历史不以人的意志为转移。

余：那么你当时的理想是什么呢？

叶：我没什么理想。上大学前，我的理想是上大学，上了大学以后，我变得很机械。老实说，我喜欢这种机械的状态，我在大学里就这么几件事，外语，古文，看外国小说，看杂书，胡乱写作，时间永远不够用。机械未必就是什么坏事，我一生中，有两段时间，回忆起来很有意思。先是高中毕业以后，无所事事，整天瞎看书。无意义真不是什么坏事，这在当时都是典型的无用之功，我当时看了很多外国小说，很茫然地瞎看。抓到什么是什么，没有任何选择，更没有任何目的。

余：你有这个条件。

叶：我那些年就睡在书堆里面，我跟人家说看过这本书那本书，这是卖弄，这是一种忍不住。一说到读过的书，我就忍不住得意，那点浅薄毕露无遗。为了卖弄也许就是我乱看书的原始动机，这是我处的环境造成的，周围的人都在谈书，我父亲就是一个大书虫子，他要表现自己，也是谈书。我的堂哥叶三午自称是看小说最多的人，我受他影响，老想着有一天要超过他。有一段时间，翻译托马斯·曼《布登勃洛克一家》的傅惟慈常来和三午吹牛，说什么小说好，谁谁谁者是真正的大作家，那时候，他在语言学院当老师，有一天，一本正经给三午和我出了个题目，让我们写出一百本自己喜欢的外国小说。这是个看看容易，操作起来极难的游戏，我和三午开始凑数字，前二十本没什么问题，到后面就难免出洋相了。大作家好作品是没有疑义的，即使你没看完，写进去也不会出洋相，可是到了后面，怎么办？我们硬着头皮凑着，到后来不得不放弃。一开始，标准很严，像《布登勃洛克一家》所以入选，我们还觉得是照顾傅惟慈的面子，可是到后来，像土耳其作家萨巴哈钦·阿里《我们心中的魔鬼》，也被拉出来凑数字，因为我们当时都很喜欢这本书。

这种游戏有一种挑战性，会迫使你去阅读。“文化大革命”一方面是让人没书可读，可是另一方面，由于家庭的关系，我不仅有书读，而且有太多的时间。我很自然地变成了一个书虫子，记得看了好多书，当时很入迷，你现在可能觉得很荒诞，一百本好书，倒有些像英国的伯吉斯的《现代小说佳作九十九种》，为了凑数字，我记得还把三岛由纪夫的《丰饶之海》放了进去，是刚翻译出来，当时翻译的目的，是为了批判，而我因为受三午的影响，觉得这本时髦得很。

余：你当时看了那么多书，有没有想到自己将来会当作家？

叶：当然没有。那年代，只有傻瓜才会想到当作家。那是一个专门发表狗屁文章的年代，文坛上没一样好东西。我已经说过，对我来说，看小说唯一的目的就是卖弄自己看得多，这只是一个典型的土财主心理。没有任何目的，鲁迅打油诗有一句“无聊才读书”，你没有目的，就没有负担，所谓无欲则刚。再说，看小说真是很好玩的，不为什么地做事，有时候更让人感到充实。我觉得自己当年想上大学，其实是非常俗气的，往好听地说是积极向上，其实是我一生中最世俗化的年头。我成了一个赌徒，把赌注都押在了考试上。我成了一个《儒林外史》中的人物，人生如果仅仅因为一场考试就能决定，显然不可能是一个美好的人生。考试是敲门砖，问题的关键在于我们进了门以后，应该怎么样。我庆幸的是，进了大学以后，因为有了陈先生的指导，我又一次进入无目的状态。我不去想以后要干什么，没有前途，只知道每天要干什么，该干什么。目光短浅未必就是坏事，天天有事干，这很充实，很好。天天看外语，天天读古文，能写就写，不能写也写。我喜欢这种死板的生活。从做生意的角度来说，我的买卖很不成功，外语白学了，吃了那么多苦，自从研究生毕业就没碰过，现在已经返璞归真，都忘光了。古文不敢说忘，有时候还继续翻翻，和自己的日常写作毫无关系，但是一点也不后悔，因为扪心自问，当时学，没想日后会有什么用，人为什么非要为了用才学呢。我是真懒得去动这方面脑子，陈先生说，天天要学，我就老老实实天天学了。我这人没理想。

余：怎么叫没理想?

叶：常常有人问我小时候的理想，他们最想我能回答从小想当作家，经过刻苦努力，有志者事竟成，可惜这不是真相。我小时候有什么理想，我小时候没有理想。即使到现在，我脑子里也是一团浆糊，偶尔闹些笑话，我说自己小时候想怎么样，其实那都是瞎说，是骗人，也是骗自己。对我这样的脑子，陈先生的指点很好。

余：陈先生这种教育绝对不是课堂上讲的方法。

叶：我估计在大学课堂上，他也许就不这么讲了。

余：当时课堂上也不会以为花这么多时间练基本功是真正对路的。

叶：肯定不会。这是把大学生都当作了傻子，当时我怎么就会那么听老先生的话，也搞不清楚。现在想想，我觉得自己还是有点混沌，也许这样读书，其实最省心。聪明人都把精力用在教材上了，而那时候，也许还包括现在，教材上有些东西，蠢得让人难以置信，却无一例外地貌似深刻。陈先生的呆板教法，可以让你省些心，让你远离教材，让你肆无忌惮地逃课。你觉得有事做就不想别的了，人就怕空嘛，有事做，就不会好高骛远。文科大学生最容易忽视的就是基本功。

余：你祖父没教过你这些东西？我是说基本功。

叶：没有。

余：照理说你爷爷很讲究基本功之类，倒不教你？

叶：没有。很奇怪，我们家的人，都会有些很奇怪的想法。我一想到没和祖父学书法，就感到很冤枉，一九七四到一九七五年之间，我和祖父待了一年，想想这一年我别的不学，跟随他练练毛笔字也好啊，可是我祖父很固执，他自己天天写，但是却反对我们小辈写，他觉得这是一个过气的东西，应该淘汰。基本功这个东西从来没人跟我说，另外，我们家人都会唱高调，我祖父也好，我父亲也好，在教育子女方面，是从来不讲理想这个词的。

余：这怎么叫唱高调？

叶：是有些高调的意思。我父亲总说，一个人想干什么都行，这话在实际操作上，等于没说。我们家和别人家不一样，我祖父对子女没什么要求，我父亲对我是否有出息也没概念。一切都听其自然，我父亲高中读到一半，心血来潮，不想读了，就跑到书店里当学徒，他喜欢书，觉得在书店里可以成天看书。后来又想当演员，是表演系，而且是上海戏剧学院，却从来没有认真地上过表演课。我爸爸回忆光荣历史，只能说某某名演员是他的同班同学，据说他在学校，只演过一个坏蛋，是否有台词记不清楚。他当时的心思都用在写作上，最后怎么办呢？当时的校长是大名鼎鼎的熊佛西，他看不下去，跟祖父说：算了，叫孩子改读编剧班吧。结果我父亲就又读编剧班，是戏剧研究班，还是研究生班，我也弄不清，反正他读了没几天，又跑到苏北解放区去了。我祖父的教育方法是不管他，随他，我父亲子承父业，理论上也是这一套，动不动就是随我。既然是随我，就没办法谈基本功，基本功总是枯燥的，你想让小孩自觉，一定是对牛弹琴，人其实光有自由也不行，他如果逼着我学些什么，真未必是坏事。人有时候不是个东西，非得逼着他，才能成为个东西。

余：你后来是不是还坚持执行陈先生给你订的计划？

叶：只能说七八成吧。起码日记我坚持写，另外，有这样的好处，你的练笔可以和作业没有关系。我可以写一写所谓的散文，写一写所谓的小说，一句话，想写什么就写什么。我写小说非常轻松，因为我不想当作家。

余：那时写的人不少，纯粹练笔的不多，有很多人都在做作家梦。

叶：我不做作家梦，对于我来说，写作就是练笔，就像写毛笔字，你总不能说练毛笔字，就是想当书法家。我总是不太自信，说老实话，我一直觉得自己很笨。我不怎么愿意告诉别人我在写小说，写散文，老说自己在写，有些矫情，而且，我也不可能推广陈先生的处方，那是给笨人吃的药。你是我最好的朋友，可是我当时也没和你说过这事。我跟你这么好都没讲，我还跟别人讲吗？就是讲了也很荒诞，很矫情的一件事情，这又不是什么独门暗器。

余：我记得你总喜欢讲习作习作，反正就是不端着架子写吧，就当练笔。不过那时拉开架势写的人不少。

叶：有的人，一篇小说要写很多遍，我是写了就算，出门不认货。

余：那时写的人很多。现在学生也办刊物，没人看。当年中文系出个壁报挂在那里，多少人围着看。

叶：还有我的一篇小说，叫《来客》。

余：后来没收集子？

叶：没收，惨不忍睹，这是宝哥哥的儿时营生，见不得人的。

余：所以我讲人家选系，为什么不选历史系、哲学系，实际上都想选中文系。很多人有作家梦，年轻嘛——文学青年，没有叫历史青年，哲学青年的。不过你进中文系好像也不能算是文学青年梦。

叶：所以到这一步，也很好玩，无心插柳，一不小心，真成了作家。

余：我们上学那个时期也很特殊，文学一下子就轰动，引得好多人都写。从当时的情景看，你的确不像在这条路上能走下去的样子。

叶：我跟这些轰动没什么关系。我没想到自己最后会在写作这棵树上吊死。写些东西，和一门心思当作家，这绝对是两回事。写作是一种技能，人都得会一些，这就好比中小学一定要写作文。对于我来说，写作不神秘，作家也不神秘。我们家已经出了两代作家，我祖父名气大了一些，父亲弱一些，对这两代作家我都略有所知，像方之、高晓声、陆文夫，他们经常就出现在我身边，你也看不出他们有什么出类拔萃的地方。我这人一方面没什么远大理想，一方面又狂得不知道自己是谁。我当时崇拜的英雄，是大学问家，有学问的人，是不写小说的。

余：那个时候陈白尘做系主任，还鼓励创作，现在没有了。那时创作可以代论文。

叶：这是件荒唐的事情。我后来的毕业论文也是创作，但是我并不赞成这么做。用小说来代替论文多少有些哗众取宠。你肯定还记得，我的学年论文是《杨朔风格的告别》，在那时候，这有些异端，因为当时杨朔是最好的散文家，辅导我的老师，就是吃杨朔饭的，你说杨朔不好，比骂他爹还难受。他把我喊去谈话，红着眼睛说，你把杨朔说成这样，我感情上受不了。他给了我一个"良好"，在我们读书期间，分数良好意味着不良好，大家都在追求"优秀"，他感情上受不了，我感情上也受不了。很多人的毕业论文都是学年论文的翻版，我碰着这么个指导老师，继续骂杨朔没什么好结果，于是就闹着玩似的，从自己写的狗屁小说中，挑一篇出来当毕业论文。我这么做，只是钻空子，是很不严肃的。对于我来说，大学毕业和中学毕业，没什么太大区别。大学老师和中学老师相比，也没有任何出色，有的甚至还不如中学老师。

普通话还是南京话？这是一个值得考虑的问题。同样的意思用方言或是用普通话说出来是否是一样的效果，谈话的气氛是否一般无二，也是个有意思的问题。不过这问题是事后想起来的，事实是，不待慎重的选择，谈话已是一路南京话下去了。要彼此说惯了南京话的人操起正式的国语，总有几分别扭，虽说我相信叶兆言在访谈之类的正式场合，多半说的是普通话。大学本科时，有一度我们两人碰在一起都憋着说普通话，为的是对学“现代汉语课”有些帮助。一段时间下来，全都憋坏了，有次不知谁先冒了句南京话，另一个立马“共鸣”，接下去不约而同一阵宣泄，尽拣那土得掉渣的说，倒像是去了面具还了本色，轻松无比。叶兆言以往每年要去北京看他祖父，耳濡“口”染，在南人中说国语要算上乘，不过“大放厥词”之际，还是南京话更能尽兴。

没想到南京话会给录音整理制造麻烦，我的研究生一个个抱怨，谈话不好懂，有些话一遍遍放录音，还是不得要领，并且告诉我，最费解处都出在叶兆言那里，因为他说得特别快。我想那多半是叶兆言说得兴起之处。当然，落实为文字之后，南京腔没了影子，兴奋处也不大见得出来了。

二〇〇〇年三月五日

学校毕竟是个相对好的地方，学校不好，外面的世界更糟

余：你说写的好多东西都是习作，参加《人间》算什么性质呢？

叶：我也说不清是怎么回事，那是一次莫名其妙的癫狂，一帮喜欢文学的朋友聚在了一起，说是自己搞个民办刊物，自己刻钢板，自己用油印机印刷，凭着一股热情，也就搞出来了。从时间来说，《人间》是“文革”之后，南京最早的一份地下刊物。我的那帮朋友分成两类，一类是想写东西的，譬如李潮、顾小虎，我们自小就认识，还有三员女大将，徐乃建、吴倩、黄旦旋，后两位跑到美国去了，仍然在写东西，得过海外的什么文学奖。画画的有刘丹、朱新建、丁方、汤国和高欢，刘丹也在美国，他的夫人就是那位第一位演杨贵妃的美国女人魏莉沙。

我开始写小说和李潮关系最大。我和李潮一起长大，小时候就是好朋友，他父亲方之和我父亲也是好朋友，五十年代一起创办《探求者》，后来又一起打成“右派”，是真正的难兄难弟。现在知道李潮的人已经很少，大家更熟悉他的弟弟。

余：对，说李潮，大学生一般不会知道，说起他的弟弟韩东，知道的人就多了。

叶：当时的李潮可不能小看，后来产生重要影响的文学刊物《青春》和《钟山》，创刊号的头条小说都是李潮的。这多少对我有一点小刺激，当然，并不是说我就此便想当作家。李潮在苏北上大学，方之已经从下放地回到了南京，因为住房太小，三天两头到我家来做客，和父亲聊天，骗我写小说。方之是个热心过度的人，动不动就教唆别人写小说。李潮在南京没有别的朋友，所以一到南京就来找我，大家在一起玩、聊天，一起起哄办《人间》。顾小虎的父亲顾尔镡和我们的父亲也是不错的朋友，是当时《雨花》杂志的主编，因为这种巧合，我们便被讥为文坛的“八旗子弟”。《人间》那帮人中，颇有几位伶牙俐齿，敢骂人，得罪的人也多，因此挨别人骂在情理之中。

我的年龄最小，资历也最浅，但是我跟北京的民间刊物有联系，譬如《今天》，我认识北岛和芒克。当时南京的这帮人看的《今天》全是从我这儿拿走的，包括别的一些什么印刷品，譬如《四五论坛》。我因为叶三午的关系，很早就知道北岛和芒克，早在一九七四年的时候，我就看到过他们的诗，当然是手抄的。《今天》要比我们成熟得多，首先他们有真正办事的人，像赵振开，这是北岛的本名，他实实在在地管事，不仅和大家一起搞刊物，而且是主笔，他的小说《波动》一度很流行。我们这帮人在做事方面，多少有些八旗子弟的懒惰，什么都懒，包括写作。大家相约写东西，可就是迟迟不动笔。

余：而你确实就是从那个时候开始动笔的。

叶：我想大约是因为嫉妒李潮吧，他收到了很多读者来信，很多是女读者，忍不住就要向我卖弄。我就想，为什么我不能试试，于是我也就自说自话地开始写东西。所以现在回想起来，《人间》对我的起步非同小可。既然办个刊物要你写，鼓励你写，我写了东西本来也没什么地方可以发表，这个刊物对我来说，起的作用就大得多，像徐乃建和李潮当时都已成名，他们已经是成功人士，他们无所谓，稿子反正有地方发。我可没有他们那么傲气，我老老实实写了一篇《傅浩之死》，是一篇很烂的小说，在当时也怪怪的，既不是属于民间的，也不是属于官方的。如果硬要归类，也能算是伤痕文学，但感觉还是不一样。

余：不一样，用现在的时髦话，在当时很“另类”。

叶：是呀，怪怪的，感觉怪怪的。

余：好，好，不谈这个，这个留待以后慢慢谈。还是回到学校，谈前面的话题，你还没说完。谈你的那个故作轻松也好，因为在那个时候，确实在学校表面上看比你紧张的大有人在，你是在继续你那个自学计划，每天坚持写日记，或者完成那些东西，但至少看上去你在学校里是不太用功的。

叶：是的，肯定是。可能还不仅从学校看，就是从实际上来讲，我的用功程度也远不如别人。我们同学的用功是骇人听闻的。中文系别的年级我们不清楚，我们这一届的学习，完全谈得上是玩命。我想我可能只是从学习的经济效益来说，比较好一点。该用功的地方，我努力了，不该用功的地方，我连一分钟都不愿意浪费。很多人因为平均使用力量，每门课都不敢丢，只想门门优秀。有些混账的课，你如果仍然惦记着拿个优秀，自己也就成了混账。课堂上的老师可以拿你当傻子，自己千万别拿自己当傻子。我想我上大学是占了点便宜的，我没有瞎用功，一些同学说我大学生活太快活，什么也没耽误，谈对象，写小说，天天打排球，动不动就溜出去玩。到大学毕业的时候，大家临别赠辞，有个女生给我留言，很生气地说我是个“让人羡慕的快活的大公鸡”，我也不知道什么叫快活的大公鸡，但总的来说他们读书太苦了。吃苦的人，难免会嫉妒他们眼里没有吃苦的人。

余：毕业时民意测验，在旁人眼中你像是……反正——

叶：——不用功的人，快乐分子，玩也玩掉了。具体是什么我已记不清，反正是会享受。

余：有点玩家的意思。我们那个时候整个气氛好像都很紧张，可是你还是蛮会玩的。

叶：的确很紧张。

余：从图书馆到宿舍，那个时候厕所都有很多人在看书。

叶：我受不了，我忍受不了学校里的那个感觉。一个学校的人都成了陈景润，这多少有些荒唐。我在学校里住不了几天，就跑回家了。到晚上熄灯，大家都跑到厕所里去用功，那灯又黄又暗，尤其是那种臭味受不了，都是年轻人，气味浓得用火柴都能点着。

余：你那时不泡图书馆，我那时常去，图书馆那时要抢位子。

叶：我也曾经抢过，后来我觉得没有必要。

余：晚上去教室也要抢位子，否则没有座位。那时我们好像没那么用功，玩的事情都有份，体育啊，打球啊。

叶：跑出去啊！

余：看电影，上课时间跑出去，溜冰，要算南京最早下冰场的，我们应该算是第一批。还有喝酒，那日子是有点夸张。

叶：不能喝酒，但样子做出来了，有点戏剧性。

余：有点戏剧性。你是否还记得，有一次班上搞什么兴趣小组，叫都报一个，有报书法的，还有什么什么，各种各样，就是书法也算跟读书沾点边，可是我记得我们俩报的是旅游。

叶：什么旅游小组，反正就是玩。

余：我们一说，听的人都笑。

叶：有一点我想也是共同的。那时候大家学习太紧张，一方面很用功，一方面也很反感。物极必反，我们当时不想再在学校待下去。我想自己的两次毕业分配，一次是大学毕业分配，一次是研究生的毕业分配，其实都能说明问题。我觉得这两次毕业分配对我来说，有相似的地方。大学毕业前，我觉得我确实受够了，不想在大学里再待下去，想赶快到社会上去。

余：你后来考研，当时根本就没动过这个念头。那时对学校反感，很大程度上，是因为我们也是在为“应试”而忙，好像我们也为考试拼过。

叶：是的，是拼过，为了全优，早点拿满学分。我凭全优还占了个便宜，全优可以多选修，因此我四年级基本上就没什么课了，反正是捞了点小外快，所以别人全觉得我这种人总占便宜。

余：那时候最后反正是看考试、学分。我们对考试很反感很痛苦，可以说深恶痛绝。

叶：现在回忆起来却觉得温馨，怎么就熬过来了。

余：那是现在。

叶：我在大学两次毕业分配的经验，实际上是不一样的。本科毕业完全是处于一种无目的状态，没有家庭负担，一切都无所谓。我们的戏剧性在于，所有人都把分配看得很重，而我依然玩心不改。当时我们都希望毕业后能四处跑跑，系里和我摸底谈话时，我甚至提出了一个非常荒唐的要求，我说自己的女朋友在苏州，所以有可能的话，最好是分配到铁路系统，如果是去学校，最好能去铁道医学院，因为这样可以免费乘火车。系领导一直傻笑，后来对其他同学说，叶兆言应该分到航空学院去，坐飞机更方便一点。

余：别人好像也没有这么跟系领导谈话的。后来，你好像很想去学校，这是怎么回事？

叶：噢！是这样的，一开始是这样，我也没想到去高校，问我去不去，我说不去。后来我跟徐乃建说起此事，她说你这个呆子，当然留校，留校不行，就去别的高校，高校不坐班，有时间可以写东西。我这个人耳朵根软，想想是有道理，就又去系里谈，收回不去高校的成命。说如果有高校，我也可以考虑去，这是典型的自以为是，实际上很多人都想留校或去别的高校，这种好事早就轮不到我了。因为我是独子，所以留南京没有任何疑义。我一下子就被分配到市人事局，到了人事局，又闹了个笑话，李潮的一个朋友当时在那帮忙，一本正经地打个电话给我，说是局长叫我去决定去什么地方。

这完全是个误会，人事局长只是出于好奇，翻阅了那一届毕业生的档案材料，或许多看了几眼我的材料，李潮的那位朋友便自说自话地认为局长认识我，这么好的条件，不利用白不利用，让我赶快去打招呼，大约我的材料上也没说我想去哪个单位。我于是很愚蠢地就真去了，冒冒失失地找到局长。局长十分意外，说这是怎么回事？他说他根本不知道这个事。我当时很狼狈，像一个被戳穿的骗子，一下子就呆了。我马上就把李潮的朋友出卖了，因为找不到别的什么更好的话，这更糟糕，局长是真的生气了。我连忙认错，说这个事情是我做错了，我其实随便去哪都行，就算是分到火葬场也无所谓。大学生毕竟是人才，怎么也不至于分配太差的工作，我们那届毕业生十分吃香。

我已记不清自己是怎么离开的，反正丢脸丢到家了，很快也是我们同学的徐耿知道这件事，告诉了他的父亲，他父亲说这种事不能瞎讲的，让我好好想想，究竟想去什么地方，然后由他帮我打招呼。这样，我就点了新创办的金陵职大。

余：就是说你当时要去金陵职大，也没什么明确目的？

叶：没有目的。

余：你的意思是说到那时候，还是没想到当作家？我有的事情是搞混了，我的印象是那时你已有当作家的想法，到职大去难道只是为了空闲时间多。

叶：当时没想那么多，只想到在学校进可攻退可守。如果说想当作家，一开始就会提出去大学。正是因为糊里糊涂，都分到南京市了，临时抱佛脚都来不及。当时属于南京市管辖的大学，只有一个金陵职大。我曾想到去《青春》杂志，这杂志归南京市管，但是《青春》不要我，《人间》作为民间刊物，一度颇受公安注意，属于取缔范畴，李潮和顾小虎已经在那里，我去了，主编连见我都不敢。当时倒是有个地方可以去的，这就是市委宣传部，你说我会去吗？

余：为什么不能去？

叶：你当然知道为什么。

余：那电台呢？

叶：当时听说只能在南京的单位选择，没毕业前，我绕不明白什么部级单位省级单位，档案到了市人事局，才知道还有这种种规定，我真有些嫌烦，就想到金陵职大去算了。很多人不理解，说怎么去这么一所大学，我那时真是很自信，只要有出息，在哪都一样，用现在时髦的话说，我用不着做什么都一步到位，其实也无所谓。

余：总觉得还可以再选择？

叶：我当时并不去想以后会怎么样，走一步是一步，没什么可提心吊胆的。

余：要不也不会放着毕业分配这种头等大事，天天跑去游泳。

叶：我喜欢游泳。

余：大老远地，天天跑到紫霞湖去游泳。

叶：路程是长了一些，对我来说，因为喜欢，就不是什么事。

余：你在金陵职大的感觉怎么样？

叶：感觉良好。在那当两个班的班主任，第一次对学生说话，我说我从来就是扮演群众角色，长这么大，小组长都没干过，现在当班主任，是有生以来最大的官，希望大家能给我些面子。

余：那时候，这学校好像是刚创办。

叶：是的，我一进去，一位退休返聘的老教师对我说这个学校的特点，是中学加衙门，说得很准确，名义上它是个大学，但是各方面都不上路子。优点是有就业方面的针对性，学生毕业了，找工作容易，所以这所学校发展很快。人们上大学，毕竟不只是为了学知识，就业找工作有时候更重要。

余：不过你当时很轻松。

叶：是很轻松。年轻教师第一年是没有资格上课的，我所在的专业负责人器重我，问我愿意不愿意上课，他可以想办法让我破例。这个学校有一点很有趣，老师都抢着上课。我谢绝了，能轻松干吗不轻松呢。

余：你觉得自己能上好课吗？

叶：够呛。我当不好孩子王，站在讲台上，学生眼睛瞪着你，我觉得自己根本就无话可讲。班主任说穿了就是学生的老妈子，有些废话不说也罢。快过节了，要放假，要向学生宣布许多注意事项。我觉得这些注意事项都没必要啰嗦，我对他们说，你们已经成人了，该干什么，不该干什么，都已经知道。大家别闯祸，让我去公安机关领人就行。

余：你和学生的关系怎么样？

叶：大约不错，我常和学生打排球。

余：学生对你呢？

叶：这就不好说，他们也许觉得我太不认真了。我想，大多数学生喜欢教师不认真，考试时，我监考，大家都不把我放在眼里，明目张胆地偷看还不算，最过分的是拉着我问。我心软，能帮忙就帮忙，但是这就坏了规矩，这个学生的忙还没帮完，别的学生已经在那十分迫切地呼唤我，结果我只能是逃走，逃之夭夭。

余：这真叫误人子弟。

叶：没道理的考试，同样是误人子弟。

余：这倒也是，我们曾深受没道理的考试之害。

叶：当时的学生也不喊我“叶老师”，他们调侃地喊我“主任”。这称呼很有意思，“主任”前面若加上姓，感觉就不对。单纯的“主任”听上去有些不正经，有些滑稽，很好玩。我并不在乎学生和我没大没小，毕竟我也刚从学校出来。

余：你当时很潇洒，和学生玩玩，天天再去紫霞湖游几个来回。

叶：不光是去紫霞湖，还去你单位等你。

余：那是因为你有时间。

叶：那个时候，我天天到你所在的地质局去等你打球，你像模像样地坐办公室，还不敢尽兴玩，要等到快下班才能打球。这充分证明我选择学校是对的，职大自然比其他高校差，是个不正规的学校，可比你自由得多。你那时乖得很，给人感觉没几天就要穿西装了，就要入党了。

余：我当时在机关，我敢玩吗？怎么可能潇洒呢？

叶：你当时是很狼狈，手脚仿佛都被铐住了，所以我给你一个药方，去考研究生，重回学校。在机关里太委屈了，不值得。可是你提出了一个不合理的要求，说一个人考没意思，要考，两人一起考。

余：是这样，是你劝我考的，要不然我不会读研。

叶：我当时有充分的自由，所以我完全可以不考研究生。对我来说，考研首先是出于对你的友谊。在你没要求我一起考的时候，我做梦也不会想到自己谢天谢地刚离开母校，又要厚着脸皮考回去。

余：偶然中，总有些必然在起作用，说说考研的其次原因？

叶：可以有一大堆。譬如说学位，食之无味，弃之可惜，一方面，我觉得文凭之类的东西，没什么用，另一方面，如果没有，它就可能是个心病。事实上，我一直后悔没有趁热打铁，读完博士，我们几个师兄弟，后来都读博士了，到现在我仍有种失落感，大家都是博士，为什么我就不是。

余：当真有这感觉？

叶：多少有些功德不圆满，这是真心话。

余：你的真心话，有时候也会打折扣。

叶：真正的原因也许在这儿，离开大学之后，离开熟悉的读书氛围，突然有些不适应了。你会发现很多事情都不对，在学校时，好像一切都厌烦了，离开以后便有些舍不得。学校毕竟是个相对好的地方，学校不好，外面的世界比学校更糟糕。

叶兆言“混迹”《人间》之际，我跟他已经是朋友，《人间》诸人，听他说起过，有一次上海复旦的一拨人到南京，与《人间》的干将对话，我还被他拉去“躬逢其盛”。是在现早已被炸掉的鼓楼广场主席台的地下室里，《人间》诸人显然是“攻方”，虽然一概操着不入流的南京话，却是咄咄逼人，弄得对方难以招架。不过叶兆言从来无意介绍我入伙，想来是因为他在《人间》属于喽啰之辈。通常的规矩似乎是由中坚人物带进一个喽啰，而不是由喽啰带入一个更小的喽啰。不入伙的结果是我免去了一次“无妄之灾”，叶兆言则因为《人间》的“地下”性质被找去谈话。好在在学校，“运动”大体上是和风细雨式的。这以后叶兆言大大小小，还有几次“横祸”，沾学校气氛宽松的光，最后都算是逢凶化吉。我想这也是他称“学校毕竟是个相对好的地方”

的原因之一。

关于学校，我们谈到的还不止上面那些。很不幸，有盘录音带在学生整理时被窃，同时被窃的还有随身听和几百元钱，偷儿的目标显然是后者，真所谓“城门失火，殃及池鱼”。学生很惶恐地向我“报案”，但这案我是破不了的。再谈一遍又没兴致，于是只好任叶兆言的校园回忆缩水了。

二〇〇〇年三月十四日

你知道我性格里很糟糕的一面，

别人若不把我当人，我就不把自己当人

余：我们把话题又扯回了学校上，对学校的又恨又爱，我们有着共同的体验。

叶：我记得有人知道我们同时报考，立刻规劝我们，说考研究生竞争太激烈，你们既然是好朋友，就要避免因此伤了和气。

余：我们的做法是会让人感到不理解。

叶：这至少说明我们并不是太看中是否考上。在将近一百号人中，只有五个名额，能同时中举，这是很幸运的。类似的考试，更合理的结果应该是两人都没考取，或者只录取一人。录取以后，碰到一位大学女同学，她无可奈何地说，你不该读研究生的，余斌也不应该。在她看来，我们都不是做学问的人，有占着茅坑不拉屎的嫌疑。让她一说，我还真有些内疚。

余：这种内疚多少有些假惺惺的。

叶：其实我很想做学问的。我从来不是个雄心勃勃的人，做事需要有人鼓励。进了大学，我没想到将来会当作家，而想当学者却是顺理成章的事情。大学本科的毕业论文用小说代替，只是我玩世不恭的一次表演。事实上，我并不赞成用小说代替论文，这是扯淡。可是我的一篇《杨朔风格的告别》，竟然把辅导老师弄哭了，真是很无趣。一把年纪的，被捣蛋的学生给弄得眼泪汪汪，实在让人有些不好意思，万一他家的什么人看见，非恨死我不可。一日为师，终身为父，毕竟人家是老师，我还记得他和我谈话时，红着眼睛对我说：你看，现在的中文系，靠谁撑着，还不都是我们这一批人吗！我带着肃然起敬的表情离开他家，从此，我的兴趣便转到历史上去了，我对自己说，还是多读些历史书吧，正史野史，都能让我入迷。

余：好像我们班只有你一个人跑到历史系去上选修课。

叶：我选修了国民党党派和太平天国史。

余：那是比较奇怪的，我当时觉得有点莫名其妙，怎么会选到那边去的。

叶：要说也不怪，中国传统讲究文史不分家。我一向是有历史癖的，不过那时候去历史系选修，多少有些赌气的意思。

现在回想起来，虽然大学本科的毕业论文用了小说代替，我是不得已，这就牵涉到第二个问题，就是学院情结了。我其实有很严重的学院情结，一个人能在大学里消磨一生，是很好的选择，能踏踏实实地做学问，是最好的正途。像我这样的人，即使是当作家，也应该当个驻校作家。作为一个写小说的人，我常觉得大学里的一些人太蠢，蠢得让人生气，同时我又非常崇敬学问，崇敬真正有学问的人。这也许和家教有关，我祖父佩服的人都是有学问的学者，譬如吕叔湘先生，祖父有很多作家朋友，只是朋友，并不佩服。我不知道写东西的人，没有学问会怎么样。我反对的只是没有学问的教授，对有学问的教授那是真心佩服。你还记得程千帆给我们讲过的一次课，印象特别深，就是讲古代士大夫和妓女的关系。正是因为他讲得精彩，所以我们会去旁听他的唐诗课。在大学读书，免不了是为了骗学分，旁听唐诗课是没有学分的。

余：那么陈瘦竹先生的课呢？

叶：要逊色得多。陈先生是我的恩师，不过他上课，太严肃。

余：如何严肃？

叶：可能是陈先生太认真了，他讲喜剧会让你笑不起来，听他讲莫里哀，该笑的地方也变得不可笑，于是，最好的办法，就是不要在课堂上听他的课。

余：说到上课，我们那时缺的真不少。

叶：说明我们会算时间，讲究效率，不好的课上它干什么？现在想想毫不后悔。

余：但这段时间不拿来读书就废掉了，我记得当时老是泡图书馆。

叶：泡图书馆多好啊，特别是读研究生期间，泡痛快了，读旧报纸，旧刊物，一天连着一天。

余：当时我跟你不同，因为你家里有丰富的藏书，我是好多书都在图书馆看的。

叶：读研究生时资料室借书也方便，一包一包往家拎，吞吐量之大，现在想想都后怕。那些年里，每天看书都在十个小时以上，疯狂读书，不亦乐乎。

余：你漏掉了一个非常重要的话题，据我所知，你可是一直没有中断小说的写作。

叶：我上学期间，写小说主要是利用寒暑假。写小说可以作为读书生活的一种调剂，直到现在，每年的夏天，仍然是创作的高峰时期，这种状态和大学的经历有关。在过去的岁月里，写小说对我来说，一直是件轻松的事情。我可以在一个假期中，跟玩似的，写出八个短篇来。

余：这我知道。我还知道有一阵你写了一大堆诗。

叶：我并没有想到自己有一天会成为作家，我当时想，自己也就是个业余作者，像很多我所尊敬的前辈那样。

余：你一边读研一边写作，写作这条路最后似乎走通了。

叶：这种通说来也真不容易，我已经写了一堆东西出来，可是，在发表了几篇不像样的东西之后，退稿运就一直伴随着我。整整五年，我断断续续地写着，却发表不了一个字。这是一个巨大的尴尬，退稿退得我脸皮都厚了，我把它比喻成放鸽子，寄出去，退回来，再寄，如此反反复复。前些年我碰到新疆的王刚，他曾是《绿洲》的编辑，说十多年前，在编辑部看到过我的两个短篇。我当时就很不自在，因为这两个短篇恰恰就此泥牛入海，永远地不复存在，虽然不是什么值得传世的精品，可是当垃圾扔了，还是有些心疼。我记得杭州的《西湖》也弄掉了我的两篇小说。

余：当时为什么不存底稿？

叶：我觉得小说写得并不怎么样，再说，写完了小说，再抄一遍，是很痛苦的事情，那时候还没用电脑。

余：退稿也是一种锻炼。

叶：话是这么说，老被退稿，很没面子。像《青春》杂志，我虽然有李潮和顾小虎这两位朋友，可退稿绝不会少于十次，也许有二十次。我灰心丧气过，甚至都不好意思与老朋友见面。我是因为赌气才写长篇小说《死水》，我想，既然忙了那么多短篇都发表不了，不如干脆写个长篇，短也是写，长也是写，短篇是退一次稿，长篇也是退一次稿。再说，考完研究生没事做，你知道自己已经录取了，心情良好，人虽然还在金陵职大鬼混，离去南大报到却有半年时间，闲着也是闲着，于是正好写长篇。

余：我记得那时候好像没什么人写长篇小说。

叶：当时是一九八三年，短篇如火如荼，中篇热刚刚开始，搞评论的人都说长篇没有出路，因为人的生活节奏加快了，没时间看长篇。我想自己反正是个倒霉蛋，就算是写了短篇也没人看，完全有理由理直气壮地写东西。我觉得自己很会抓紧时间，时间不抓紧，一不留心，就会从你眼皮底下溜走。

余：不管怎么说，你在写作这条路上算是走通了。

叶：这有些逼良为娼的意思，似乎这条路是通了，一个重要的原因，是我的想做学问的如意算盘，始终得不到鼓励。我不是个有信心的人，人分各种类型，我这人老是自惭形秽，觉得自己不是这块材料，老师也觉得我不是这块材料。

余：什么样的材料？

叶：做学问，我曾经觉得自己还是能吃些苦，相信自己可以做死学问，能坐冷板凳。我身上的学院情结总是作怪，你知道中文系的传统，大学生毕业留校，都得去教一年写作。这也就是说，写作从来都不被重视，你只要是个大学生，写作这课就能教，作家嘛，不就是编编故事，肚子里其实没什么货色。能写些小说没什么大惊小怪，如果一位教师对我说，叶兆言你应该搞写作，我就疑心他说我没学问，或者说不适合做学问。我从来都是有些小心眼的。

余：在做学问的这条路上，你觉得自己没有得到鼓励？

叶：是这样，如果得到鼓励，我说不定歪打正着，就死心塌地地走做学问的路了。得不到鼓励的结果是很可怕的，你知道我的性格里是有很糟糕的一面，别人若不把我当人，我就不把自己当人。你说当年我们研究钱钟书和张爱玲，不也是个笑话吗，在那些有学问的老师眼里，这就是旁门左道。我为钱钟书花了那么多时间，毕业论文答辩的时候，那些准备来参加答辩的老师，临时抱佛脚地向我借《围城》，他们还没看过《围城》，这些人认为我不是块材料，我却还在乎他们，真是蠢透了。

余：是呀，张爱玲指导老师也是才借去看的，可能答辩的时候有的老师还没看过。但是我那个论文他们评价不错呀？

叶：最近给《收获》开专栏，我把过去的论文找出来一看，也不是很坏，正经八百地不是很坏。我觉得非常奇怪，现在他们屡屡举我的例子："叶兆言啊，在大学的时候已经谈杨朔的问题了。"其实当时我很孤立的。现在大家都觉得那位老师不对，可他当年确实如他所说，是中文系的骨干。当我重温往事的时候，一切都很轻松，很有趣，甚至温馨，其实我当时很孤立。读研究生也面临同样的问题，就是说你的某种倾向得不到一种鼓励，我觉得人这种动物是需要鼓励的，尤其是你在犹豫的时候，还没有什么明确目标的时候。我后来成为一名作家，似乎有什么东西阴错阳差地起着作用。

余：你究竟什么时候义无反顾决定吃写作这碗饭？

叶：研究生毕业，到出版社当了几年编辑。我这人大约很迟钝，多少年来一直在写，可总想当业余作家。我总觉得写作应该是工作之外的一种消遣，写作不能当饭吃的，写作应该是有了饭吃之后的事情。我选择出版社，是看中了它的福利待遇。我的女儿已经两岁多了，三口之家挤在一间小房子里，干什么都别扭，都成问题。而且因为读研究生，我真正尝到了贫穷的滋味，一个月的工资只有三十九元。为了养家糊口，我不得不顶着别人的名额，为青春文学院改学生来稿，回信，每封信二角五分。我当时真的很狼狈，明知道为了福利去某个地方，就跟把自己卖了差不多，我还是下了决心。

余：这和你本科毕业时的情景不一样。

叶：当然不一样，我尝到了生活的艰辛。说真心话，本科毕业时没有这种压力，我觉得我可以想干什么就干什么。研究生毕业时，我已经英雄气短，毕竟已为人父，记得那时候，我总是事先买好许多饭菜票，因为我们不会当家，到月底便没钱了。那时候，我已经没资格浪漫，而选择一个适当的工作，显然在情理之中。我曾经想做个好编辑，这话是很当真的，因为我还是相信一个人，只要认真去做，努力去干，做什么都能做好，干什么都能干出乐趣。我似乎有这个能力，我具备当一个好编辑的许多必要素质，事实上，刚到文艺出版社，我就有了大显身手的迹象。你当时也差点到出版社，曾与我一同到北京去组稿，我们的效率并不太坏。

余：当然不坏，抓到了一批名家的稿子。

叶：后来我去上海，也是成果累累。

余：这和你的家庭背景有关。

叶：当然我的家庭背景也起些作用，祖父那一辈的作家，父亲那一辈的作家，只要我愿意去找，多多少少都会给我面子。我想我还有一个优势，我知道什么人的稿子是真的好。做编辑，这一点尤为重要，如果真放手让我来干，我可以编出一些很不错的图书。但是我得到的重用非常短暂，很快就成为审稿制度的牺牲品，我碰到了比大学没学问的老师更差劲的编辑上司，某些人除了和你作对，对作品什么是好，什么是坏，连个最起码的判断都没有。他们自己组不到好稿子，对你组来的稿子，很自然地有一种酸溜溜的心情，因此总是横挑鼻子竖挑眼，永远让你哭笑不得。我不想再提这些不愉快的往事，总之一句话，一个平庸而且气量狭小的人，做你的上司，就活该你倒霉，在这种情况下，你的学历，你的才华，你的谦虚或骄傲，甚至你发表过小说，都会成为对你不利的因素。

余：你去出版社前，那里有没有比你学历更高的人？

叶：没有。学历和学问没什么关系，但是某些没学历的人，如果有阴暗心理，那就很可怕。

余：问题很简单。这样的人并不少，这样的人手上有点小权力，别人便会莫名其妙地吃苦头。我印象中，你从来不是个很狂妄的人，在人际交往中，你总是处于被动和防守的地位。

叶：不，有些人，我连防守都感到是羞辱。你和蠢蛋计较，你自己也会变成蠢蛋。至今我仍然认为自己是个不错的编辑，出版社的许多同行不会否认此事，尤其到后来，老中青三代作家我都熟悉，无论策划什么样的选题，都有组稿的便利。但是我已经心灰意冷，我不愿意为无聊的人际关系浪费宝贵精力。我觉得一个人最不能忍受的事情，就是无聊，就是浪费时间。

余：于是你就死心塌地地开始写东西？

叶：也可以这么说。我这个人就是这个样子，得不到鼓励的话我就可能回头，而写小说最有利的一点就是，写小说是孤军奋战，这符合我的性格，孤军奋战最好。在这之前，我选择未来的志愿，都比较随便。事实是，所以随便，是根本不明白这社会究竟是怎么一回事。随便是建立在自信上，在出版社待了几年以后，我已经不自信了。

余：我记得报考研究生的时候，你就很随意，现代文学，古典文学，读什么都可以，潇洒得很。

叶：这你大约忘了，我是因为你的原因，才报考的。对我来讲，考古典文学，考现代文学，无所谓，你知道我这个人在某些问题上，是没有是非的。所以当时首先是你决定要考，那么我陪公子读书，也就考了。学什么都是学，重新回到学校虽说有混文凭的嫌疑，好歹也能学些什么。在知识的海洋里，学无止境，仔细想一想，自从进大学以后，所有的学习都随意，漫不经心，可我感觉比较温馨的，是当时的每一步都比较扎实。目的不很明确，干什么也不知道，但是在当时仍然比较实在。仔细想想本科四年，表面上是不认真，实际上还是很认真的。很少有人批评我学习不认真，不用功，包括我家里的人，就像我写作一样，很少有人劝我写，因为我似乎只有写作才不需要别人鼓励。因此，即使是退稿不断，我也能呆头呆脑地写下去。

余：你讲的这个我还是相信的，似乎是没有什么大方向，但始终蛮扎实的。读研究生的时候，你一门心思研究现代长篇小说的中断，就很下了些死功夫。

叶：我为看过的长篇小说做了一个年谱。天知道我看了多少，有许多长篇小说，从四十年代建档以后，就再也没有人看过。当然，不是专业研究，真没有必要看，像周楞伽的长篇小说，动辄好几部，吹得天花乱坠，其实一塌糊涂。包括张资平的小说，无名氏的小说，路翎的小说，名气那么大，真不知好在哪。

余：其实它们还给你写作带来信心了。

叶：坦白讲，看多了以后，起码可以带来冲动。别人实在不怎么样，自己完全有理由试试。

余：加上在出版社很屈才？

叶：算是屈才吧，出版社认为我不是个好编辑。

余：怎么他们认为你不是好编辑？

叶：因为赚钱不够。按出好书的标准，他们会认为我是一个好编辑，但出版社赚钱最重要，能否赚钱，是第一标准。

余：论赚钱你不是还可以吗？

叶：出版社往往会贪得无厌，赚钱是没底的，出版本来就是暴利，人难免越有钱越贪。

余：你策划个选题什么的很有眼光……

叶：光选题没用的。

余：像“老城市”什么的赚钱不是还可以吗？

叶：那是现在，我当编辑的时候不行。有一阵，纯文学死路一条，我编过一套“八月丛书”，这套书比长江文艺的“跨世纪文丛”还要早，当时是赔了一些钱，可后来证明，全都再版，全都赚了钱，所谓名利双收，因为圈子里对这套书评价一直不错。可这是后话，事实上，我后来已经铁了心要离开出版社，如果当专业作家不能成为现实，我肯定会辞职，这一点毫无疑问。我已经受够了，记得王安忆的两本书，印数都很低，某人便告状到总社，说王安忆是我的朋友，我是慷公家之慨。总社的一位领导与我父亲不错，很认真地把我找去谈话，让我以后做事一定注意影响，要把握原则，对张承志和史铁生的集子也是一样，出版社的某些人根本不知道这些作家的才华。他们猛烈地攻击这套书，目的当然不仅仅是我，是为了针对支持我的那位领导。我觉得很无聊，我再也不想待下去。

我选定作家为职业之前，走的路都不是非常主动非常明确。在出版社心情不好的时候，编好稿子要顶很大的压力，编那些蹩脚稿子又让我忍无可忍，我曾经想到再回南京大学，读书或者当教师。为这事，我很认真地找过董健老师。

余：那是什么时候？

叶：八十年代末期，那个时候如果实在熬不下去，我真的可能去考博士。好在那个时候小说也写出了一些名堂，约稿也开始多了。

这一次的谈话内容不知怎么都是一些“走麦城”的经历：从“学院情结”的破灭到投稿不顺再到当编辑的委屈。对于一个已经成功证明了自己的人，往昔的“峥嵘岁月”似乎应该是个轻松惬意的话题，因为过去的“不幸”恰可衬托今天的幸运。然而叶兆言言谈间多少还是有几分激动，此亦可见他遭受的心理挫折之深。也许每个人最终都只能生活在自己的世界里，虽说是好朋友，若不是叶兆言自己道出他所谓的“小心眼”，我还真体会不到他曾经把一些人生失意处看得很重。比如我就料不到他对失意于“学院”会耿耿于怀。

说叶兆言与学院无缘是不确的，我记得考研究生他的专业成绩是第一名，而若不是增加了一个名额，我就被关在门外了。不过除此之外，从本科到硕士，他在学校的确再没有得到别的什么鼓励。谈话中漏掉的一个细节是，他在本科的写作课成绩是“中”，全班五十多人，非“优”即“良”，得“中”者只有两人，出身书香之家，偏偏写作成绩如此糟糕，真是尴尬。至于他读研时的“遭遇”，我不敢说全然是“咎由自取”，不过也许在学校里待得久了，“学术规范”之类已成潜意识的一部分，我不得不部分地表同情于我们的老师：叶兆言的论文总是很有见地，新意迭出，但是跳跃性太大，不能恰切地装进论文的套子。有位老师戏称叶兆言名为《〈围城〉内外》的毕业论文“老是在外面转，就是不进‘城’”，我至今认为颇为“经典”。其实他也不是不进去，只是进来出去，出去进来，跳跶得厉害。逻辑思维显然不是他的强项，虽然他的学问见解比许多学院中人高明得多。不管怎么说，叶兆言还是应该庆幸自己最终走上了小说家这条路，叶兆言若在学院肯定可以做出学问，不谈其他，他对学问发自于内的兴趣就是很多学院中人没有的，不过我相信文坛上少了这样一位小说家，将是更大的损失。至于教师劝他写小说，是否就像他疑心的那样，是说他没学问，不配做学问，那就非我所知了。

二〇〇〇年三月二十一日

现代文学总体上是平庸的，
还不如说是那些史料对我有些好处

余：你应该感谢我给你提供的研究现代文学的机会。遇上没办法解释的事情，你就往机缘上一推拉倒。在现代文学上下了那么多功夫，你后悔吗？

叶：如果不读现代文学研究生的话，就不可能系统地了解现代文学。在此之前，我对中国现代文学的了解和阅读纯粹是印象式的。

余：虽然我们本科也有现代文学这门课。

叶：严格意义上讲，本科的这门课对我没有什么影响，因为这门课基本上没去上过。

余：不光是课上得少，课外也没有把现代作家的作品系统读过。

叶：读研究生以前完全是凭印象，印象往往是靠不住的。譬如巴金，只读过《家》，这以前我读过的曹禺作品多一些，《家》《日出》《雷雨》，记得读曹禺的《家》，是因为父亲的推荐，他说这个剧本不错，不比巴金的原作差。反正读什么和学校没有任何关系。

余：我刚才说的就是这意思，因为很多现代作家与你祖父是朋友，所以你也算是间接地"认识"，即使单凭对"熟人"的好奇心，是否也会找来看看?

叶：没有一定。我记得看过的还有茅盾的《动摇》，另外有个短篇，叫《小巫》，印象很深。《子夜》只是知道，但没有认真看。鲁迅的东西当然看过一些，其他都是断断续续。最关键的一点，读研究生之前，脑子里面甚至根本没有"现代文学"这么一个概念。对我来讲，只有"中国作家"。我不能接受这样的观念，同样一个人，在一九四九年，他就是现代作家，一九四九年以后，就不是了，就变成了当代，凭什么？很长时间里，我是非外国作品不看。记得方之当年叫我写东西，我还跟他开过一个玩笑，这事我在中篇小说《日本鬼子来了》里也提到过，我说中国作家能写什么东西呀，他们写过多少像样的东西？方之当时哑口无言。

余：你说的这话，能把教现代文学的老师气死。

叶：就算是茅盾和巴金，我也觉得他们写得不够多，不够好。这有些荒唐，因为当时并没有看过多少。问题还在于，有些只是大学之前的阅读，非常不认真。这种阅读毕竟不是专业阅读，它有轻松的一面，也有它不负责任的一面。

余：至少说那时谈不上喜欢？

叶：谈不上喜欢。读了本科以后，才有现代文学和当代文学的概念，虽然仍然认为这种提法不科学。当时南京大学中文系还不招当代文学研究生，要是有，说不定也会吃错药地就考当代文学专业。我们只是随便挑了一个专业，当时现代文学专业也不是每年都招生。到了读研之后，很自然的，必须系统地规范地读书了。我也没想到自己会认认真真读那么多现代文学方面的书——自己也没想到会这样，因为我的阅读一向没什么目的，我不喜欢那种带着功利性的阅读。

余：中国现代作家与中国古代作家在我们的感觉中似乎完全是两码事。读中国现代作家对于你而言……怎么说呢，应说是有某种“直接”性吧？像你刚才讲的，很多现代作家都进入了当代，从现代到当代是一个一直在延续的过程，你搞写作等于是要加入他们的行列中去。不管是有意识还是潜意识，你不会和古人去比，那好像是另外一个系统，你只会是远远地看。现代作家就不一样，和当代作家一样，他们可以是你无形中的对手。有时候还就是容易将“身边”的作家看低……在上大学前，我也几乎什么现代作家都没读过，除了毫无感觉地读鲁迅——那是出现在中学教材里的。“文革”前学生还可以通过课本去了解现代作家，到我们那读中学的时候，除了鲁迅，一个也不选了。当然课外可以读，我记得那时读过《蚀》三部曲，那是当“黄书”读的，还有《子夜》，巴金的《雷》《雨》《雾》《电》……不过那是很偶然的，甚至弄不清作者是哪个时代的人。就是到了读大学本科，好像聊起天来也不大谈现代作家，即使偶尔看了，中国现代作家作为一个整体，对我们还是没有什么吸引力，你不会想到，应该把这些人的书找来看看。

叶：它不让我们向往，这是个事实。

余：对，不向往。那时候要读，都是外国文学作品。这是说小说，当然古文之类也有过兴趣，小说则是非外国的不读。

叶：要说对现代文学的兴趣，回想起来，在读研究生以前，唯一能看出些苗头的，就是读本科时我对现代史的强烈兴趣。我觉得读现代文学作品，对现代史的兴趣可以得到不少满足。我所以乐意下功夫去搞现代长篇小说的年谱，还有那时候读旧杂志旧报纸那么起劲，我想更多的是因为由此触发的历史感受。通过文学可以知道那个时代的许多人与事，整个读研究生期间，我觉得阅读作品的兴奋点，更多的还是在史这个方面。

余：现代文学作品本身对你创作有什么影响?

叶：要说对创作的影响，我觉得并不大，甚至可以说没什么影响。非要说有影响，那也不是在创作手法上，从技巧上看，现代文学总体上来说是平庸的，还不如说是那些史料对我有些好处。直接给我收益的就是“史”，这个“史”分两种，一个是你看了很多资料，大量当时的杂志，甚至包括上面的广告，这些都是活生生的，让你身临其境，还有就是某个作家笔下的一些细节，有些很微不足道的细节，这些小细节对我未来的操作是很有意思的。

余：你还是得到了一些好处的。

叶：有个想法不知有没有跟你说过，这想法大约是读研究生时才有的，我总觉得一百多年来，中国几代知识分子的历史让我入迷。我想如果有可能，我要反映这几代知识分子，构成一个系列。你知道我有很多天真的想法，一大堆宏伟蓝图。我觉得，章太炎、康有为是一代人，第二代是他们的学生，鲁迅这一代，再后面是比他们小一茬的，我祖父那一辈，然后更小的一茬，到新中国成立前夕，可以有六代文人。我曾想以这些人为主角，构造出一部所谓的“史诗”小说。——不一定当真写，不过一个醉心写作有抱负的人，不免都会产生类似幼稚狂妄的想法。这种想法我至今有时还会怀念，所以我现在有时写点掌故之类的东西，实际上还是在圆当年的梦，是当年的积累在起作用。

余：有点意思。

叶：有一点很明确，我非常想了解这几代人，碰到与这兴奋点有关的东西就要搜集。我常有意识地比较这几代人，比较康有为和章太炎，比较梁启超和鲁迅，我对这些事都很投入。我脑子里更多地不是在想文学演变这个问题，而是琢磨历史的演变。这几代人为什么快速地颓败，一代不如一代。我一直想弄明白，为什么会一代不如一代。我们一直在讲进化，我对新文学的总体评价，的确是在进化，越来越好，三十年代好于二十年代，四十年代好于三十年代，但是就人的素质而言，这个“素质”是说人的学问、人的知识等等，却是在急剧退化，一代不如一代，而且前一代人，往往是后一茬人无法比拟的。对于后一辈人而言，前一辈人就是厉害，不可超越，而且绝对是大师。比如说康有为、章太炎，对于后一辈的人，对于梁启超和鲁迅，就完全是两个级别，就绝对是大师。像梁启超，学问上再怎么折腾，也无法超过他老师，鲁迅也没法和章太炎比。

余：讲学问当然是这样，章太炎是国学大师，鲁迅所精只是国学的一个方面，比如他治小说史。不过这是单就学问而言。

叶：对，我只是指学问，而且是专指旧学。鲁迅的学问，和茅盾，和我祖父相比，又绝对不是一个级别。我祖父的古文，绝对与上一辈人没办法比，但再跟后人比，比如说跟曹聚仁比，跟沈从文和师陀比，那又是一个不可逾越的台阶。退化到一九五七年“右派”那一代，也就是我父亲那一代，是最没有出息的。底线也许就在这里，不，也许还应该到“文化大革命”，那时候已经没什么知识分子。我有一个最深的印象，有一次与父亲和汪曾祺一起出去，汪比我父亲大八岁，论学问，就明显高了一截，我父亲因此深有感触。汪曾祺在抗战前完成中学教育，我父亲当时刚上小学，这就不一样了。其实这很容易比较出来，我和汪曾祺有过多次接触，他在当代，足以扮演一个老夫子的角色，好像已经是什么绝唱。比汪曾祺再大个几岁的，譬如张中行，他老人家在抗战前完成了大学教育，和汪曾祺相比，张中行又要炉火纯青得多，这是倒过来论证。这都是些质的区别，一代一代急剧退化，退化到后来，已经没什么学问了。

余：但你这么比似乎——有些是没法比的，你不能拿学者与作家比，有些东西是不可比的，还有陈寅恪、钱钟书这样的人，如何与前人相比。不过你前面说的大都是文人、作家，也不好说是学问，只能说是总的素养学养吧。

叶：是就作家而言，作家和作家比。让作家和学者比学问，这不公平，因此，我指的学问，不是说专门的做学问，只是指文化人的素养。做学问的，每个年龄段都可能有杰出人士，都可以有很好的专门人才，我指的不是这些。我说的整体的文化人，恰恰是我一直在感慨的一件事，有时候不能不感慨，过了这村就没这店，这没办法。我有时会似是而非写些掌故，或是写些与学问沾边的东西，实际上是在反复唠叨这个主题。

余：像九斤太太一样？

叶：差不多。

余：就是说你早就感兴趣的东西，现在还能常常让你兴奋起来。你的“宏伟蓝图”——虽说未必是清晰的——并未真正进行，但有时会部分部分地，以另一种形式实现了。

叶：作为心头的一种“痒”，以另一形式另一渠道发泄出来。它使我的现代文学阅读，有了某种方向感。我一直在讲无目的的阅读，但现在谈到的，因为无意中有一种比较在里面，你也可以说已经是种有意识的阅读了。

余：到现在你一直在说现代文学对你没影响，不过你也说起过，有些现代作家你很喜欢，比如钱钟书，你很喜欢，还有鲁迅，至少是文字，那是没说的，还有张爱玲、沈从文……还是有一些，你很愿意认同的。是不是喜欢是个别化的，“没影响”涉及的是对中国现代文学作为一个总体的评价？

叶：喜欢的是有一些。不过作为总体，与自己喜欢的小说家的数量相比，中国作家要比外国作家少得多。钱钟书是一个特殊的例子，他太丰富了，值得你去做研究，那是另一回事。相比之下，中国现代作家很少有像外国作家那样叫你到如痴如醉的地步。因此，回过头来想想，我对新文学研究，还是出于史的兴趣。

余：即是不把它当作文学作品来阅读。非文学的阅读，要求当然就不一样。

叶：不一样。比如我举个例子。我一向对吴组缃的《一千八百担》印象比较好。我觉得这篇小说放在同时期的小说里，可以看出一个突然的语言上的飞跃，这一点好像没人提到过。《一千八百担》的对话非常精彩。

余：我有同感。还不光是《一千八百担》，他别的小说也很精彩。就连不是很成功的小说，像《鸭嘴涝》，就是《山洪》，对话也很漂亮。你说“与同时期其他作品”相比，“同时期”是什么时候？我“年谱”没你清楚，《一千八百担》是哪一年的？

叶：一九三三年。

余：一九三三年，这时候已经有些很不错的作家了，张天翼、老舍、沈从文……

叶：问题在这里，我为什么一看吴组缃就感觉不同，因为与当时作品有些不一样。我指的是中篇小说的戏剧化结构，《一千八百担》实际上像个剧本，它的成功主要在这里。它的故事不怎么样，结尾很勉强，或者说是糟透了。为什么给我特别深的印象呢？它是个写作速写，像素描一样。读别的小说可能会有其它的兴奋点，比如读老舍的《离婚》，总会想到小说的结构如何独到，《一千八百担》给我的感觉是可以作为对话练习本。读老舍的《离婚》总会想到他的其他作品，比如和他的《猫》做比较，会想到他写作为什么变化。也许是学了这个专业，总难免有一种历史的观点。我认为《离婚》是老舍最好的一部作品，它正好是一个中介点，它从前面过渡下来，从《二马》《赵子曰》《老张的哲学》，到《离婚》正好到达最高点，后来再写《骆驼祥子》，我看就是往下走了，随着抗战爆发，越走越下，一直到后来，都没有真正缓过气来。所以老舍的顶峰是《离婚》，唐弢主编的《中国现代文学史》说这本书是一九三四年，这套书曾经是我们的教材，而书目文献出版社出版的《中国现代作家著译书目》，却说这本书一九三三年就由良友图书印刷公司出版。你看，我对时间总有种特殊的敏感，时间就是历史。

余：老舍的小说对你的创作是否有直接影响？

叶：没有。吴组缃的《一千八百担》我为什么老会讲到它，就是因为对话精彩，真正是活灵活现，就像剧本的台词一样，说到这一点，曹禺也是高人，《北京人》的对话妙极。要说我的写作受影响的话，这些方面可以算。

余：也许《一千八百担》其他方面有些弱，对话的精彩就更见突出了。听你这么说，我们的阅读是有些不一样。我只有一重身份，你有时则是双重的，文学史意义是一回事，你作为一个写作者有意无意间还会有另外的快感。

叶：我记得当时不仅很认真地读，还一本正经地批点过，像金圣叹批《水浒》一样。

余：弄出评点本来了。

叶：我特别欣赏他的对话。前面总说现代作家没影响，现在往深里谈谈，倒还是有些影响。我想还有一个影响比较大的是鲁迅。鲁迅这人是绕不过去的，我想即使不是搞现代文学的人，看完鲁迅也不难，也是很正常的，因为鲁迅的东西很少，的确很少。

余：你最早读鲁迅是什么时候？读的是哪一篇？

叶：这就说不清了，也不知什么时候开始，《阿Q正传》肯定是读过的，第一次或许就没读完。后来对我们来说，当然不存在看完没看完的问题，而且可以说是了如指掌。要谈印象最深的，我对《药》一直没有什么好的印象。最早读《药》是在考大学以前，在夜校里读的，谈花环的隐喻，谈秋瑾就是夏瑜。《药》这类小说显然不是我向往的作品，我很自然地就喜欢上了《在酒楼上》，也许与我祖父的影响有关，他一直很看好《在酒楼上》。这篇小说看了很多遍，其中的两个小细节，一是葬小弟弟，一是买剪绒花，让我耿耿于怀。《一千八百担》让我知道精彩的对话就要这么写，要有好的台词功夫，《在酒楼上》让我明白怎么处理小说主题，让我明白写小说应该对什么感兴趣。在我看来有了那两个小细节，就可以很轻松地通向主题，就这么简单。怎么一种感觉呢？你总觉得这两个细节很好，不知道它们好在什么地方。

余：这不是有点玄吗？

叶：主人公的弟弟死了，他母亲一定要他迁坟，这已是很没有意义的一件事，坟里什么东西也没有了。剪绒花是讲那个小女孩，也就为了一句话，人家说她未来的男人还比不上一个“偷鸡贼”，就为这一句话，忧郁而死。后来我就觉得，如果自己要写作的话，作品里一定也要有让人耿耿于怀的地方，而不是像

《药》一样，一旦点破了就什么都没有剩下，那种直截的隐喻是不高明的。我读鲁迅也好，跟人家聊鲁迅也好，总是很遗憾他为什么在这种大彻大悟的情况下，不再继续往前走。鲁迅还有一点给我印象深刻的是他喜欢尝试，他是个先锋作家。他不怕稚嫩。

余：你觉得《伤逝》如何？

叶：不知别人怎么想，我总觉鲁迅写《伤逝》不太合适，那种口吻怪怪的。就像我不能信任一个女作家用男人的口吻在写作一样，我总感觉到那不像鲁迅本人。此外，鲁迅的实验性对我当作家有启发，我不怕写坏，不怕写坏的原因是，鲁迅他老人家都不怕写坏，我还怕什么呢？

余：鲁迅的文字倒没有吸引你，我一直很入迷的是鲁迅的风格。

叶：文字？现在想想对我影响倒不是太大。不光鲁迅，从文字上讲现代作家对我影响都不大。汉语对我影响最大的我觉得还是译文。这一点上我深深赞同王小波的观点。我的语言应说是从译文过来的。单纯从语言上讲，现代作家几乎没有一人对我有决定性的影响，如果有的话，只能是小小的局部，譬如就是刚才的小例子，像《一千八百担》中的对话。

余：不过可能并非当代作家都如此。比如阿城，我想他一定喜欢鲁迅的文字，这一方面对他肯定有吸引力。鲁迅文字特别讲究，他是喜欢炼字炼句的。

叶：这完全可能。因为炼字炼句是一个传统，不过从别的作家那里也能得到。而且我觉得阿城的师承与我非常近——也应该是外国文学。一开始这是没法回避的，你总是从看外国文学开始，这是没办法的。而且这里面还有个问题，我记得不知是亚马多还是马尔克斯讲过，西班牙语不长于直接的对白，拿手的是间接的叙述。

余：可惜懂的一点外文皮毛无法让我们辨析各种文字表达上的所长所短。要是译文确能传达出这一面，可以根据译文去下判断，倒是可以发现英美作家是长于叙述，俄国作家这方面就不是强项，不知道英文是否写来容易显得清朗。

叶：我倒是想到一个与写作有直接关系，你绕不过去的，拉美作家有个特点，总喜欢间接描述，譬如说“他说怎么怎么，他觉得怎么怎么”。

余：就是不打引号，直接引语用间接引语的方式表达出来。

叶：对。我们是有写对话的传统的，我们的小说是从说书演变过来。

余：不假，古白话小说中最精彩的部分往往就是对话。

叶：但是新文学作家是不讲究对话的。鲁迅的对话当然是好，但大多数作家，比如说创造社作家，对话是没有办法读的。引号外面与里面的用词，没有区别。

余：但是他们并不是像拉美作家，直接变间接，他们并不是有意识地做一种处理，追求一种特别的效果，另外一种语流。不如说就是幼稚、粗糙，没有文体意识。

叶：我的意思是说拉美作家是自觉的，就像亚马多讲的，整个拉丁语系的语言不擅叙述，他们是有意识这么做的。这是另外一个传统。而我们善写对话的传统到五四中断了，你仔细读读，五四小说里面好的对话真是很少。前面说到了剧本，这玩意儿不得不用心写对话，因为剧本只能采取对话的形式。鲁迅小说中的对话也很少，写到的地方很精彩，但对话出现得并不多。

余：可能是写短篇，不会出现大段大段的对话。古典小说，像《红楼梦》《金瓶梅》《醒世姻缘传》，都有大段大段的对话，而且往往特别出彩，像潘金莲。

叶：亚马多的话给我印象很深。这一点读他们的小说也可以看出来，像马尔克斯，他的对话是很少的，对话常常是变了人称说出来。

余：不知这一茬作家的写作是否与此有关，我说的是当代的一批作家，我的印象是直接引语改间接引语在一批中国作家中也是成风气的。

叶：汉语能不能这么写，应该怎么写，是需要探究的。我有段时间写东西对话也很少，也是觉得可以用间接引语来代替。我是有意识地想做一些尝试，想摸索一下。

余：说了有好感的现代作家，不妨也说说你不喜欢的。

叶：谈到新文学作家，我始终对浪漫派喜欢不起来——浪漫派的小说，浪漫派的文字。我所说的浪漫派，不是一般传统意义上的，具体地说，整个创造社我都不喜欢，除了郁达夫的散文可以欣赏，除了郁达夫的文人气我可以接受之外，谈到小说，他们实在没有什么可取的。徐志摩这样的作家，我也是始终没有办法喜欢起来。对徐志摩我是反复看，最近还又把他的集子找出来翻阅。

余：徐志摩你怎么会反复看呢？我印象中你一直是没有好感的。

叶：这对我是个不大不小的问题。为什么很多人说他好，都说他好，这让我很疑惑。人有时也会怀疑自己的眼光和判断力的。我又找出他的集子，是八十年代花城出版社出版的《落叶》，看了一遍，还是琢磨不出好来。也许是个人气质的关系，我喜欢沈从文，喜欢胡适，他们每次提到徐志摩都夸他，说到他都很亲切，也许他为人的确不错，有朋友缘。

余：很近的人的判断是否那么纯粹，受不受其他个人情感因素的影响，很值得怀疑，徐志摩肯定是个招人喜欢的人，性情、个性有吸引力。

叶：你想周作人还有其他人，一开始对他并不反感。

余：周作人与徐志摩性情上应该是两种人。

叶：刘半农，还有陈源，一开始与他的关系都不好，后来都有改善。甚至连吴宓这样的老古板，也写文章盛赞他，所以我一直很奇怪，想自己为什么就是喜欢不起来。

余：这么说又不单是创造社，其实浪漫主义气息重的、调子高的、英雄主义味道足的，你都排斥。比如七月派，从胡风到路翎，包括左联，你喜欢谁？

叶：这倒是。坦白讲，对胡风的东西，真不知道如何去喜欢。

余：这里面可能有个人好恶的成分。

叶：你喜欢胡风的东西？

余：我也不喜欢，很大程度上是因为文风的缘故。像路翎的《财主底儿女们》里面的语言，太别扭，还有《饥饿的郭素娥》……

叶：对路翎的评价真是了不得。我总是在想，自己是不是看错了，看走了眼，说路翎是中国的托尔斯泰，是不是说中国即使能出托尔斯泰，也就是只能出这样虚张声势的托尔斯泰。从一个作家的角度，我可以直截了当地表示自己的不满意，可是做学问，放在文学里谈，脑子就不能不拐弯。

余：我一直也是这样的感觉。当然要是写论文、写文学史，我会考虑到其他因素，会是又一种说法，作为个人化的阅读，那马上好恶就出来了。

叶：无名氏我也很不喜欢。个人的好恶是有原因的，可能那是我创作中想要排斥的一些东西。

余：前面还说到现代文学越到后来越好，这话题也很有意思。

叶：我一向是这么看的。

余：文学史教科书上可不是这么讲的。我说有意思，就是因为有一个定论，认为三十年代强于四十年代的文学。不光是大陆，香港的司马长风以植物生长期比新文学发展过程，就说三十年代是成熟丰收期，四十年代是凋零期，都是这种说法。

叶：这说法不对头。其实很简单，我的结论都是从直接印象得来的，读者的直接感受，有时候没办法和学者的观点吻合。我这么说，倒不纯粹是机械进化论，因为新文学起点很低，一开始上升的空间很大。五四时期的东西，读多了就会发现，很幼稚，处理的都是些很简单的问题。夏志清说中国现代文学有一种感时忧国的精神，说这是最值得赞赏的，我以为这说法很狡猾，光说这一点，实际上也就意味着其他方面不行，艺术上没什么可取。

余：他的肯定是在一个大前提下，总体上他对新文学评价不高，不能和西方文学相比，可以说首先定下的调子是否定性的。在这个大前提下又要对新文学有“同情的了解”，说不行又要肯定它，怎么肯定呢？只有转过来突出这一点。

叶：我觉得也是这样。新文学的发展是很快的，从小说看，最明显的例子就是鲁迅。鲁迅的两本书，《呐喊》和《彷徨》，就有质的变化。那也很简单，“呐喊”时期的东西总是不行的，粗糙，动不动就喊口号。而且我有一个感觉，新文学就像打摆子一样，一开始总是不行，发展到一定时候，便上一个台阶，举个例子说，一九二八年，革命文学起来以后，蒋光赤这些人冒出来了，他们自己觉得文学艺术是进了一大步，其实相对彷徨时期的小说，像鲁迅《彷徨》里的小说，是倒退了一大步。但是左联十年，不管它怎么“左”，到了后期，文学上还是有进步的，有些作品还是可以一看。原因很简单，就像沈从文讲的，只要在写，一直写，总会变得好起来。这话可能消极，但的确如此。

余：这样说进步，可能有些笼统，不妨分开来看。比如说语言吧，三十年代就要好得多。五四时期的白话文实在幼稚得可以，我们都看了不少当时的杂志、报纸文艺副刊的，那是最直接反映一个时期普遍水准的，那文字简直就像中学生作文。

叶：有的甚至都不如。话都不知道怎么讲，文字是疙疙瘩瘩，文不文白不白的。

余：这是一个方面，再说叙事吧，怎么把一个故事叙述得生动，能引住人。二十年代小说在这方面没法提，像问题小说之类根本无叙事艺术可言。

叶：三十年代比二十年代强，这一点我想是没有疑问的。倒是对四十年代的评价，是一个问题。我看了很多四十年代的东西，讲四十年代超过三十年代，其实也没有什么疑问。为什么成了问题呢？我过去想过，三十年代的这些人，左联的人，一九四九年以后都当了大官，他们把持了评说的权利，而且加上那时的评价标准，当然说三十年代好。再说过去的文学史，缺失了国统区沦陷区那一块，到四十年代，就以叙述延安的解放区文学为主了。以延安文学比三十年代文学，当然是不如。文学史忽视了很多非主流作家，忽视了钱钟书、张爱玲、师陀，包括后期的巴金。事实上谈新文学的进步从某个作家自己创作的发展最看得清楚。鲁迅自己在进步，巴金也在往前走。巴金的起点并不是很高，这一点，与沈从文有相似之处。茅盾属于起点比较高的作家，从《蚀》三部曲起步，起点就高，可惜他的创作是倒着走的，从《蚀》到《子夜》，越写越差，因此他是个例外，一般的情形并不是这样。老舍也有起伏，《离婚》以后，有一点走下坡路，不过起伏没有那么厉害。大部分作家我觉得都是越写越好的，像姚雪垠，后来的《李自成》是另外一回事，像端木蕻良，最典型的例子就是巴金。巴金的小说，应该说到《秋》就已经不错了，到了《第四病室》发生变化，到《寒夜》就很好了。这里面有个文学趣味、文学观念的转变的大问题。《家》非常简单，就是号召青年人革命，告诉你什么是对什么是错，一切都归结到封建主义。

余：可以看成广义上的“问题小说”。

叶：到了《寒夜》就不同了。它反映出许多四十年代优秀小说中共有的东西。处理的已经不仅仅是社会问题，而是一些永恒的东西。比如说《寒夜》写到了爱的冲突，母亲的爱和妻子的爱，两种爱会给人造成伤害。人与人之间的互相敌视，没想到爱也能伤害人……这些话题在三十年代很少见，三十年代更关心的是社会问题。另外还有一点特别的，是职业作家的出现。三十年代老舍已经往这方向走，开始犹豫这个问题，想职业化了。到了四十年代则很明显了，有些人就是职业作家。

余：举例呢？

叶：比如巴金、师陀、张爱玲。

余：你是说他们除了写作没有其他职业？

叶：不光是这一点。五四那一辈作家都想用文学来干点事，把文学当一个很好的工具。

余：文学对于他们是手段，不是目的。

叶：四十年代这批人就不一样了，不是想用文学做点事，完全要靠着文学谋生了，是拿文学当饭吃。姿态不一样，投入的辎重也完全不一样。像鲁迅，你不能说他把精力全部投入在写小说上，巴金就不一样，他投入全力写小说了。这不一定非常准确，但你能清晰地感受到四十年代的职业化气氛。这也很正常，写多了必然要走到这一步。四十年代有一批素质不错的作家进入这个队伍，包括姚雪垠、端木蕻良等等，虽然后来写的东西不怎么样，四十年代的创作势头还是很不错的。当然也可能是四十年代到了该收获的时候了，因为他们都是在三十年代开始写作的，有积累，慢慢成熟起来，到四十年代出成果，也是顺理成章，水到渠成。还有萧红，她四十年代的东西，也许影响远不如三十年代的《生死场》，但从艺术水准上讲，明显是后来的好。《呼兰河传》一九三九年开始写，一九四〇年写完，出书已经是一九四一年。所以说四十年代好，我觉得是用不着讨论的。最简单的就是把作品放在一起看，就作品说作品。

余：这样比很能说明问题。比如从各个时间段里挑出几十部作品放在一起看，比下来很可能对四十年代有利。

叶：麻烦的是已经有了定论，三十年代的创作是高峰，有了定论，就难改了。

余：对于大多数人而言，定论是无须检验地加以接受的。

叶：是呀。前不久碰到一个台湾朋友，是电影导演李安的弟弟，他跟我讲，总觉得二三十年代的文学如何如何，其实后来我发现，他所说的不少二三十年代好作品，都是四十年代的，也就是张冠李戴了。这就是定论的可怕，已经产生了一种定势，总觉得现代文学就是应该以三十年代为代表。

余：他们常常是以“三十年代”来指代一九四九年以前整个现代文学。

叶：我们俩谈这个问题有些专业因素了。某一部作品，我们知道是哪一年出版，是在什么气氛下出现，对大多数人而言，是混在一起的。

余：定势可能还与时代有关系。三十年代的作品有一些在当时批评界就已经有定论了，或者是准定论，四十年代是在战乱之中，文坛没中心，也就不易产生定论，当下的定论还没形成，已经天翻地覆了。

叶：一九四九年以后的标准全变了。

余：当时已达到某种结论，做过某种归纳的毕竟比较容易引起后来研究者的注意。

叶：其实，你说师陀的《果园城记》，与他在《大公报》得奖的《谷》相比，进步是非常明显的。再后面的还有《无望村的馆主》《结婚》，师陀最重要的作品可以说都在四十年代。

余：还有，评价一个时代的文学，人们会看出过什么大家，什么成名人物。过去我们当作大家的，不是都顺嘴简称鲁郭茅、巴老曹嘛，都是二三十年代出来的，四十年代就没有被定到大师这一档次的人物了，钱钟书、张爱玲等人都是没有得到评价的，既然如此，当然一说就是二三十年代了。

叶：定评的确是个尴尬的事情。现在想想，现代文学一共就三十年，这么一点时间做得那么细，也是小题大做。当然眼下已把三十年当作一个整体了，有些浅显的道理，人迟早会明白的。

余：这牵涉到另一个问题了。当然三十年很短，作为一个整体，一百年后去看，算不了什么。几个世纪过去，不就是整个中国文学史当中一个瞬间吗？当然在转型期，这个瞬间有些特殊性，但说到底，也就三十年，后人撰写的文学史中，很多现在被看作名家的都肯定要被淘汰掉。这是扯远了。还谈你的阅读，你说以前没有系统接触中国现代作家作品之前，对中国现代作家看不大入眼，那读了研究生之后，翻阅了那么多作品，你对新文学的判断有没有改变？是否还认为现代文学没什么了不得？不能与外国文学相比？

叶：这看法想改变，可惜没办法改变，而且说句更沮丧的话，倒是更有凭有据了。不过我觉得也不能忘恩负义，不管怎么样它是一个发展过程，过程是无法省略的，这一点头脑还是应该清醒，前一辈人的努力不能简单否认。像鲁迅《在酒楼上》对主题的处理，巴金《寒夜》中两种爱的冲突，钱钟书张爱玲小说中的思考，你在外国小说中也能发现，在阅读中，可能有个先后的问题，别人是先，我们是后。或许是因为外国小说给了我启发，我读中国小说可以别具慧眼，因此，说来说去，还是外国的小说更有趣，外国的月亮不比中国圆，外国的小说确是比中国好。

我想我的世界观，我的文学标准和尺度，都是外国文学作品给的。这很尴尬，却不能不承认。

余：今天先说到这，关于外国文学，我们下次再谈。

在整个访谈开始以前，叶兆言颇做了些准备，访谈录之类的书就看了好几本。不过到最后，对这本访谈的设想也还是很朦胧，只有一点在他是很明确的，用他的话说，就是决不“装孙子”，意思是不要端起架子，一本正经居高临下地大谈创作。怀旧、与读者轻轻松松话家常似乎更合他的本意。可是谈到某些较“严肃”的话题，比如谈书，谈文学，特别是谈现代文学，不由得就会带上几分正经，语气也有变，变得接近书面语。我想这多半是我惹出来的，一直在学校里教书做研究，积习难改，逢到“专业”问题，谈论和发问的方式就往“专业”上靠。不过我觉得叶兆言对“装孙子”之类也反应过度，刻意地回避“严肃性”似大可不必。到这时二人的分歧，或者说我的学究气就显出来了。我们的工作程序一般是这样，待谈话录音化为文字稿后，各人整理修饰自己的部分，而后再互相看看。叶兆言的修饰大多是将他觉得太像书面语的句子改得更像大白话，我则有意无意间把原本较口语化的句子改得书面化了，好像不那样就不能准确地表达意思。我自以为改动时是很节制的，他看了后却还是委婉地表示异议，大约是觉得太不像“话”。对比之下，我的话确乎显得有点文绉绉。这里可以见出叶兆言强烈的文体意识。不过我最后还是没有从他之意改回来，倒不是因为怕麻烦，我平素在学校里讲话也就是这样，有点咬文嚼字。两个人谈话语气上有点差异，也好。

二〇〇〇年四月五日

我想我的世界观，
我的文学标准和尺度，
都是外国文学作品给的

余：今天我们谈外国文学。

叶：这可能是个漫长的话题。

余：外国文学的概念太大太笼统了，你还不如说说哪一段，具体的作家，想到谁说谁。外国作家里肯定也有你不以为然的。

叶：对于外国作家，中国的读者一向是有一种“全球化”的眼光，不同的时代，不同的国家，一个外国文学的概念就可以概括。外国文学是一面巨大的书橱，就在你面前，你像检阅军队一样地浏览着它们。我读得很乱，站在这个巨大的书橱前，不经意地抽出一本，又抽出一本，用的是蚂蚁啃骨头的精神。要说影响的话，可以分成自己开始写作前后这么两段，时间不同，影响也不同。

余：最初是怎么样的？你曾说过，中国的小说家，是喝外国小说的奶长大的，你可以说得具体一点，具体是从什么时候开始？

叶：开始很早，而且有一些是刻骨铭心。雨果和高尔基可以算初级阶段，都是在读中学的时候，印象很深的就是读《笑面人》和《九三年》，我对《九三年》简直是如痴如醉。现在想起来都很好笑，一面流眼泪，一面在抄。我现在做梦，仍然还会梦到那个辉煌的最后场面，郭文高傲的头颅被按在断头台上，痛苦不堪的西穆尔登拔出手枪，用一粒子弹洞穿了自己的心脏。那是一个让孩子可以放声痛哭的壮丽场面。

余：你现在想来当然会觉得好笑。你说过自己不喜浪漫派，凡调门高一些的作家作品都排斥，而雨果显然调门够可以的，文风又那么浮夸……

叶：这跟年龄绝对有关系。年轻时阅读，需要那种带点浮夸。不过，我现在依然怀念那份激情。大学毕业以后，我伯父曾经有一个计划，要把一些世界名著弄成缩写本给孩子们看，让我也弄一本，我就说我来搞《笑面人》吧。可是重新看了一遍以后，只好决定放弃，我突然发现这书已经没办法看了，文风那么夸张，思想那么幼稚。我无法理解过去怎么会那么激动。结果，我选了另外一本，是安娜·西格斯的《第七个十字架》，这本书是林疑今翻译的，他翻译过海明威的《永别了，武器》，因此这本书颇有些海明威的文风。我缩写了一万多字，手稿到现在还在，当时是读研究生的时候，说停也就停了。《第七个十字架》给我留下很深的印象。

余：听你说起过。最初读此书还是属于无目的的阅读吧？

叶：是。我想书对人的影响可以分成两类，一种是道德文字，它让你产生一种崇高感，在中学时代，有些作品是特别有魅力的，譬如说《牛虻》，譬如《复活》。看了《复活》以后，你会产生一种犯罪感，你会发现人原来是天生有罪的，然后你就会产生赎罪的要求。我记得中学时代，老是做这种梦，老觉得自己负了谁谁谁，莫名其妙地有一种赎罪感，而后总觉得要以自己的一生去赎罪。你是不是也有过这种感觉。

余：我也有。我最先喜欢上的托尔斯泰小说就是《复活》，印象很深，一种虚拟的罪恶感，还有《牛虻》，虚拟的爱情挫折，而且在想象这种罪恶或挫折感时还自觉很崇高，迷恋这种感觉。这是比较典型的文学青年阶段。

叶：土耳其的小说《我们心中的魔鬼》给我印象也很深，可以说，有一段时间，我颇喜欢这本书。《牛虻》最初打动我的是牛虻和他父亲之间的关系，迷恋得不得了，我觉得最让人咀嚼的人物，应该是蒙泰里尼神父。这是一本英国人写的长篇小说，可是很长时间里，我都把它当作了意大利作品。这可能也是全球化的特点，在阅读的时候，我们的心目中没有世界地图，无论哪个国度，只要能打动我们，我们就可能身临其境。作为读者，我们的国籍身份是暧昧的。高尔基早期的流浪汉故事，也让我激动，在《红头发瓦西卡》中，一个妓院中的作恶多端的坏男人，和一个妓院中长得不漂亮的好女人之间的爱情，写得真是很有情趣。这些大约都可以算作道德影响，看这样的书能让孩子变坏，一定是瞎说八道。

余：据我所知，你是不喜欢道德这两个字的，尤其是在文学作品中。

叶：这很尴尬，我也不知道自己为什么要借用道德这两个字。

余：那么故事呢？

叶：故事好也是很吸引人的。譬如我看过两个版本的《斯巴达克斯》，一个是意大利的，一个是美国法斯特的，我不觉得美国的差，也很精彩，当然并不是因为它被拍成了好莱坞电影。另外还有《基督山伯爵》，类似这种传奇性的故事，对我很有吸引力。包括《第七个十字架》，让你紧张，这样故事性强的作品我读过一大批。道德文字和传奇色彩这两种东西，也许在年纪小的时候，都是最能吸引人。此外还有名著情结。名著大多是在比我懂一些的人指导下看的。比如我祖父说《战争与和平》好啊，而后我就会去看《战争与和平》，说巴尔扎克好，也就去看。像这样的阅读，也能得到乐趣，因为人总有“向上”之心，总要武装自己嘛。这心态很奇怪，当时也没上大学，这种武装说白了，也就是武装嘴皮子。不过这种阅读细想想还是有好处的。

余：总不能说读世界名著不是好事。

叶：读世界名著，也有一点附庸风雅的味道，二十岁，也许不到二十岁，读了一大堆东西，可以到处卖弄。我到处和别人说，父亲不让我看书，他一度对我严加防范，其实我只说了一面，我读书还是得到鼓励的，这当然是指名著。父亲的禁书标准也是随风气而变，一般地说，喜欢读书，家里人便会觉得这是不太坏，总比到外面闯祸好。

余：我印象中，你大约想闯祸也难。

叶：我的所谓闯祸，也就是读些禁书。我一直有禁书情结，越是不让读的书，越想读。

余：这一点，大家都一样。书店里常常是禁书最好卖，现在的禁书常可以作为卖书的包装。

叶：禁书给我的影响，和世界名著一样大。禁书情结与名著情结有相通的地方，名著是别人可能没看过，禁书是别人可能看不到。

余：你这个说法很有意思。你们家藏书多，得天独厚，我也有这种感觉，说到书，你就忍不住要卖弄，大约也是童心未泯。

叶：有段时间，读禁书是我的一大乐趣。那时禁书很多，譬如“黄皮书”，这是我阅读探险的一大发现。

余：我常听说起“黄皮书”，这种内部图书，一般人很难看到，它们是什么时候出版的？

叶：大约是一九六三年前后。

余：除了萨特的《厌恶及其他》，还有什么？

叶：真不少，光是苏联的就有《日瓦戈医生》《带星星的火车票》《感伤的旅行》，还有爱伦堡的《解冻》。

余：《解冻》有那么早？

叶：是的。当还没到解冻的时候，《解冻》是没什么用的。

余：好像“黄皮书”之外，还有别的内部读物。

叶：都是在供批判使用的幌子下出版的。像《局外人》《愤怒的回顾》《往上爬》《在路上》都是“文化大革命”前出版的。到了一九七三年前后，以大批判的名义，又出了很多内部参考或供批判用的图书。有些你可能也看过的，像柯切托夫的《你到底要什么》，巴巴耶夫斯基的《现代人》，李巴托夫的《普隆恰托夫经理的故事》，这是一类书，属于苏修体系，还有一类，像韦尔蒂的《乐观者的女儿》，《豺狼的日子》作者写的《敖德萨档案》，《日本沉没》，这都是帝国主义的东西。对了，还有三岛由纪夫的《丰饶之海》，就我所知，这本书在小圈子里一度非常流行。我不喜欢三岛由纪夫，只记得中间谈到了轮回之类，男人变成了女人，说起来很新鲜，却没有多大意思。

我记得当时看过一个电影剧本，写苏联的，曾经得了奥斯卡最佳外语片奖，由黑泽明导演。当时是作为反苏教材出版的。我不明白当时的中国政府，为什么要生那么大的气，黑泽明探讨了人和自然的关系，而我们在过去，总是相信人定胜天。

余：这部电影叫什么？

叶：叫《德尔苏·乌扎拉》。

余：你大约是什么时候看这书的？

叶：可能是一九七五年，当时这电影还没得奥斯卡奖，书上说准备要参展，下文尚未出来。

余：我们继续谈你的禁书。

叶：“文革”是一个很奇怪的时代，我赞成朱学勤的一个说法，其实有好几个意义上的“文革”。那个年头知识分子固然受迫害，知识越多越反动，另一方面知识仍然受到尊重，如果你读的书多，社会上还是承认你尊重你。一方面，我当然是觉得读书好玩，另一方面，虽然过去一直回避这么想，不管有意无意，心里对读书人还是佩服的。我父亲一方面反对我看小说，可是无形中还是流露出鼓励，这可能就是中国的传统，读书总比不读书好吧？我记得他曾一本正经地指导我读杰克·伦敦，读德莱塞和马尔兹。

余：禁书的话题，似乎还没有完。说了“黄皮书”，再谈谈“黄书”如何？

叶：大约是一九七四年底，有人带了一本《曼娜日记》给叶三午看，那时候，我们正在凑自己喜欢的一百本世界优秀小说。三午说，这手抄本你绝对不能看。他把这书收藏在床褥里，夹在两层棉花胎中间。可是他缺乏搞地下工作的经验，趁他出门，我用飞快的速度，看完了这本手抄本。

余：《曼娜日记》是否就是《少女的心》？

叶：是的。

余：感觉如何？

叶：很震动。我知道父亲有些书是不想让我看的，譬如“黄皮书”之类，另外就是有性描写的那种。父亲说，这书你不可以看，于是我千方百计地要看。有一天，我翻到了《查泰莱夫人的情人》，是三十年代的译本，由饶述一翻译，八十年代市面流行的所谓全译本，恰恰还是同一作者，不知道翻译版权是如何处理的，可能就是强盗版。有趣的是，虽然已经到了八十年代，这本书很快还是被查禁了。

余：在“文革”中看《查泰莱夫人的情人》，无疑是一本很黄很黄的书。

叶：老实说，我当时还看不出这本书的妙处，我只是对其中的性描写有兴趣。

余：这种兴趣是否影响你的阅读？

叶：我要是说没有，肯定是骗人。

余：你印象中有哪些？

叶：罗马尼亚作家列勃里业努的《起义》，有几段很不错的色情描写。巴西亚马多的《饥饿的道路》，亚马多写起性来，兴致勃勃。他是共产党人，所以他的书像《黄金果的土地》《无边的土地》早被翻译过来。他喜欢写性，但是翻译时，已经被删去许多，我当时就胡思乱想，想象没删的部分，应该是什么样子。很显然，我太稚嫩了，毕竟性方面没什么经验，这种事无法想象。我很努力看过左拉，左拉的小说有一大堆译本，说他是自然主义，这四个字意味着可能会有些性描写，其实根本没有，真让人失望。

余：你说的这些事，和你的写作关系，很遥远，甚至都是读中文系以前的事情。我想我们应该有个节制，否则你可能又会报出一大堆名字来，如德国的雷马克，如托马斯·曼和亨利希·曼兄弟，说不定还有霍夫曼的《雄猫穆尔的生活观》。我知道这些都可归入无目的的阅读，或者说是自发的阅读，功利性的阅读从什么时候开始的呢？

叶：应该说是进大学罢。

余：好像有一阵你特别喜欢海明威。

叶：海明威对我来说，曾经是太重要了，你应该记得，当我的外语能读一些原著的时候，最初读的就是《丧钟为谁而鸣》。我最初写小说，有不少地方都是模仿海明威，包括一开始瞎写的一组小说，都用一个人名，这就是学海明威，"尼克·亚当斯"的故事，让我获益匪浅。

余：你曾经为自己的主人公起了一个与"尼克·亚当斯"差不多的名字，叫什么的？

叶：林林。

余：是这个名字，《五月的黄昏》的主角就是。

叶：初学写作时非常轻松，以为模仿海明威，就可以无穷无尽地写下去，总有东西可写。而且这样的东西在当时发表的困难很大，太大了，也就索性不受发表的困扰。

余：你曾和我说过，海明威特别喜欢用句号。不知是否和译本有关系，林疑今的译本句号就非常多。

叶：是这样，海明威让我明白，话得一句一句地说。他的小说还提供了许多尺度。叶三午曾对我说过，你看海明威，什么都说了，什么都没写，这话我印象很深。很长一段时间，包括到现在，在写到性爱场面时我都会想到海明威，想他会如何处理。我以为他在写性爱场面上非常典雅。后来我渐渐地不喜欢海明威了，但作为启蒙，作为写作方面的老师，他给我的影响要超过其他所有作家。他是给你的写作打底子，教你如何行文，如何点题。海明威不太考虑主题，不说大话，他喜欢似是而非的对话，上句下句的关系，总是不很紧密，我一直想弄明白他的这句话到那句话之间有多大的空间。

余：我们说说短篇小说，海明威之外，还有谁？

叶：也许是家庭的影响，我脑子里面总有个概念，要写短篇，就该学契诃夫。

余：不学莫泊桑？

叶：不学。一开始我很混沌，对契诃夫的小说怎么也喜欢不起来，像《变色龙》《小公务员之死》之类，至今也不认为是好小说。契诃夫是从一个三流作家，靠自己的努力，逐渐成为一流作家。他让我明白写作不一定要很急，不一定非要一下子就达到什么样的高度。一个有信心的作家，大可不必为自己写得不好过分羞愧，当然要意识到自己写得不好。契诃夫和沈从文给我的启发是一样的，他们的共同点，是写作姿态都很低，这对我有利，了解这一点会感到很亲切。还说契诃夫，读多了我觉得他的好东西是剧本，《樱桃园》《万尼亚舅舅》《三姊妹》，当然还有《草原》等等。

余：一个三流的契诃夫对你有什么意义？

叶：不是说想写三流的东西，契诃夫并不想写三流之作，可是，刚开始写东西就是这样。可以说是契诃夫帮我建立了自信，我小时候很不自信，一直觉得自己很笨，现在我仍然怀疑自己是不是非常笨。读了契诃夫，我觉得能不能发表问题不大，写得好不好问题也不大，只要好好写，就有意思，就有意义。这种想法最初是契诃夫给我的，后来是沈从文也凑了个热闹，沈从文无非再次印证了我从契诃夫那里得到的启示。在作品发表不了的那段时间他给我一种信心，说来也可笑，我觉得总有一天别人会承认我的。就为这，有一段时间我很迷契诃夫。

余：契诃夫写了很多东西还不被承认吗？他应该是很主流……

叶：契诃夫很长一段时间不被认为是主流作家。他的情形与高尔基相反。高尔基一下子就走红，我对高尔基也曾很入迷，到现在我也认为高尔基是个好作家，诺贝尔文学奖不给他真是没道理。你前面讲的也是——我为什么能接受雨果的浪漫，不喜欢中国作家的浪漫，这也说不清，我喜欢高尔基的浪漫，像丹柯举着自己的心脏当火把，我觉得很美，可能与阅读的年龄有关。高尔基有非常扎实的写实底子，你看他的《在底层》，他特点是故事非常奇异。要说我有什么小秘密的话，那就是偶尔看些剧本，对写作的帮助是非常大的。剧本有太多的限制，玩不了花活，做不了假，因为对话是躲不过去的。

余：外国作家可以无穷无尽地说下去，不同时期喜欢不同的人，喜欢不同类型的作品，高雅的，通俗的，对了，我们说说“流行阅读”，这倒不是指通俗文学，而是指——比如说，索尔·贝娄。某个时期里成为文坛，或者说圈内关注焦点的作家作品，你也跟着读的那种阅读，比如说刚获诺贝尔文学奖的作家。

叶：索尔·贝娄和辛格获得诺贝尔奖也就相差两年，而且时间对新时期文学非常重要，是一九七六和一九七八年。他们流行是合情合理的，这样的阅读对我自然很重要。一个喜欢阅读的人，绝不会轻易放过他们，特别是已开始写点东西，我已经知道一些写作的甘苦，与过去读小说的态度有点不一样的时候。过去是狼吞虎咽，现在知道品味。读辛格大概是大学二三年级，还记得当时在《外国文艺》上读过一个短篇《女巫》，不知为什么，后来他的集子里都没收这篇，你可能不会注意，我对他的作品有很长一段时间一直注意搜集的，他的译文真不算少，当时也无所谓版权，他只能是对中国文学做无偿的奉献了。我记得的有小说集《辛格短篇小说选》《卡夫卡的朋友》《傻瓜吉姆佩尔》，长篇更多，《卢布林的魔术师》《冤家，一个爱情故事》《童爱》，只要有他的作品，肯定要买。完全是有意识追踪，凡能找到的，都会看，总看了有一百万字。索尔・贝娄也是必须要看的作家，《赫索格》《挂起来的人》《洪堡的礼物》，关于《洪堡的礼物》，我还和李潮开过玩笑，说他就像洪堡，而我就有点像小说中的西特林。他的《愁思伤情》也是一本有趣的书，小说中的那个舅舅到日本的色情场所，看两位日本小姐表演，那是一次奇妙的色情表演，下流极了，所有的观众都很冲动，我作为读者都感到难受，但是“舅舅”穿着灰色西装，神情严肃地站在那儿。

余：这是个让人哭笑不得的场面。

叶：在滑稽的场面里，庄严可以大显身手。

余：流行阅读是不是有些像追星，我想，你也会把马尔克斯、博尔赫斯摆到这类流行阅读当中去，好像你说过米兰·昆德拉是流行经典的尾声。

叶：这是玩笑话，流行总是没完没了。到了米兰·昆德拉，我好像年龄也到了，已经不再激动，不再追了。这之前，总摆脱不了一种“追星”情结。

余：我是作家的圈外人，我不知道昆德拉之后还有什么热点？

叶：有还是有的吧，不过的确也冷下来了，老是追，也累。

余：我的印象是类似马尔克斯、昆德拉那样的轰动效应没有了，阅读的聚焦点也没有了。

叶：对。我记得自己在读昆德拉之前那种情结还是比较重——

余：——不能漏掉，以免“掉队”。

叶：怕掉队。阅读上我一直是贪得无厌，最近我还把君特·格拉斯的三部长篇都买了回来，虽说未必会细看，还是难免“追星”，虽然冷静多了，但是恶习难改。

余：你的阅读可以归好几类，归来归去，还有一些归不进去的，你能往哪儿放呢？——有一些算长效阅读吧，比如我想你一定很喜欢福克纳，他在你这里算什么阅读，该有什么位置？

叶：福克纳当然不能漏掉了。福克纳是个很“可恶”的作家，因为读了他，我就对海明威“忘恩负义”。为此我还和苏童吵过一架。原先海明威差不多是偶像，后来因为福克纳，我宣称海明威不算好作家了。苏童听了忍无可忍，说你凭什么说海明威不算好作家，说时很激动。福克纳的《献给爱米丽的一朵玫瑰花》我看了不下二十遍。我觉得阅读有时候就像学书法读帖。

余：福克纳好像没有进入阅读的热点当中。

叶：也曾经是，毕竟人家是诺贝尔奖得主。提到对福克纳的迷恋，真有意思——好像有了福克纳，便要与海明威离婚了。这真是地道的忘恩负义，海明威对我的影响其他人是没法比的，那等于是童年的启蒙，那是儿时的老师。

余：从鲁迅开始，一代一代下来，中国作家直接师承的大多都是外国作家。不是说中国古代文学全无影响，不过要让他们举几个样板人物，多半都出在西方。

叶：一个美国作家大可不看中国作家的东西，东方作家——不光是中国人，日本人也是如此，谷崎润一郎、芥川龙之介——他们都是学外国文学的，都是搞外语出身。

余：是这样。我们过去当然也有叫作“小说”的这种东西。

不过与现代作家所写的完全是两回事。像《儒林外史》、“三言二拍”等等，与外国小说完全是平行的，没有多少可比性。

叶： 我说新文学对我影响不大，原因也就在这里——你都能找到它的源头。中国作家是开放的，各个国家，各个时代的作家的成果都吸收，来者不拒。

余： 同时面对，历时的变成共时的了。

叶： 无所谓过时不过时。

余： 中国文坛面对的西方文学时间表整个是混乱的，有些作品早已成为过去时了，还以为是很时新的，是正在进行时。我们眼中的现代派，在西方其实早过去了，已经成为传统的一部分，被传统吸收了。对了，除了福克纳，还有谁对你是“长效”的？

叶： 马尔克斯算是一位。他的《百年孤独》，读十遍都是必要的。因为要搞懂中间的两个体系，就很要费点脑筋，就像要弄明白《红楼梦》的谱系一样，不下功夫还真不行。

余： ——可能搞写作的人才会这样精读，才会有这样的兴趣。我也很喜欢《百年孤独》，不过对我来说，《红楼梦》可以这样读，普通读者恐怕都是不会如此——

叶： 但你读《百年孤独》一定要这么读，否则读不下去，只能是似懂非懂。

余：普通读者未必要寻根究底，知其大概也是一种读法嘛。

叶：《百年孤独》和《霍乱时期的爱情》，我都读得很细，这两部书的结构在我脑子里非常清晰。

余：博尔赫斯呢？

叶：那就没有那么清晰了。他主要写短篇，以精致取胜。

余：很多人是言必称博尔赫斯的呀！

叶：我早就接触博尔赫斯，那时他并不火爆，后来一直有意识地保持距离，原因是出现了那么多的模仿者，我不该再凑那份热闹。

余：抗拒心理？

叶：恐怕是有点。从短篇小说来讲，博尔赫斯无可挑剔。怎么说呢，像你讲的，写短篇我愿意跳开莫泊桑，尽管莫泊桑不管怎么说在短篇上算是一个里程碑，但我愿意从他这儿跳开。我喜欢的短篇小说，下来应该是契诃夫，还有毛姆和吉卜林，这两人其实应算是一个，可以归为一类，都是异国情调，接下来是海明威，然后是博尔赫斯，我觉得这些人的作品都是经典的，不读他们的名篇是不对的。

余：打个岔——毛姆你也很看重吗？毛姆应算是莫泊桑嫡传弟子了，你跳过莫泊桑，倒能接受毛姆？

叶：吉卜林和毛姆我愿意看。毛姆有些短篇我还是很喜欢的，尽管他早就不怎么流行，甚至只是个二流作家。

余：但你刚才说有意无意间与博尔赫斯保持一点距离，这总不会是因为他只写短篇，没写过长篇吧？

叶：绝对不是。我的意思其实很简单，你必须和上面提到的几个人保持一点距离，这些人都是在短篇小说上有巨大影响的人，后面都有大批的模仿者。

余：你的意思是不是，既然有大量的模仿者，那可以被众人模仿的东西在一定程度上是程式化的，或者说，在模仿者那里，许多东西被程式化了？

叶：肯定是这样。所以在向这些人学习时，我与其说是模仿，不如说是在反模仿。绝对不能像他们那样写。博尔赫斯的东西可以当课本一样读的，读了不知道遗忘，就会出事。我读到那些克隆小说就忍不住会心一笑，有些人，自己明明是在做小偷，却自以为最好，最有来头。这些人都以为小说只有一种写法。

余：你说模仿者的众多会引起你的戒备意识，要反模仿，比如说博尔赫斯。但马尔克斯模仿的人也很多，你并未把他列为“反模仿”的对象。

叶：或许你会在我小说中，找到马尔克斯的影响，但你得明白阅读和写作受影响是两回事。写作的游戏规则一定是这样，最喜欢的东西一定要回避。福克纳的最大好处是他给你一种启迪，他告诉你可以不要考虑好读还是难读。你得自己去悟，如果谈具体作品，还是短篇比较好讲，譬如《献给爱米丽的一朵玫瑰花》，它非常有力，你就要去琢磨它为什么会这么有力——这些地方是可以学的。学不是让你当贼。

余：变为程式化的东西——它们可以从小说的整体上剥离出来。

叶：我一向最反对欧·亨利，我坚决提醒自己不要学他，欧·亨利是最容易学的，其实，往透里想，学博尔赫斯有时也是特别好学的，他是现代版的欧·亨利。学起来不仅可以乱真，而且很容易让人误以为不错。所以，真正一流的大师都是“但开风气不为师”，不能学的，能学就一点意思也没有。譬如博尔赫斯的《沙之书》，我看到至少有三篇都是学它的，有人穿了一套蹩脚西装，就自以为已经是外国人。所以一个多阅读，不是想学，而是想不学。有些作品看上去与某个外国作家很像，他未必是抄袭，也许是他无知，没有回避——当然有的就是抄袭。

余：就像打牌，知道他的底牌了。

叶：当然有时是巧合，暗合的情况也是有的。

余：我看小说有时还有另外一个标准。八十年代以后中国小说作家受外国影响太大了，特别是受拉美文学的影响，作家笔下多多少少都能看到些痕迹，有些还是很不错的，仍然能看到一些影子。关键是底牌给你看到了，是不是除了这一点就什么也没有了，除了学别人就再一无是处，当然就完蛋了。

叶：阅读多了，你会知道写的人会在什么地方用心，你会知道一些写作者的底牌，甚至包括原创者的底牌。你就会知道，最好的东西是创，好比无中生有，这是最好的。你的无中生有就要从别人怎么无中生有那儿学。有些东西我是至今也没有看明白的，比如纪德的小说，我也下了功夫去读，《伪币制造者》《田园交响曲》《地粮》……看了很多介绍，说纪德的文体是很优美的，不知是不是翻译的关系，我始终领略不到这一点。还有萨特的小说，也看不出多少好来。

余：作为写作者，现在这样的功利性阅读在你已是不可避免的了，那么还有过去那种无目的阅读，或者说冲动式阅读的兴致吗？或者说，虽然都不脱功利性，你是否还可做出区分——有哪些作品更能打动你？

叶：小说已经不行了，可能是年龄的关系。现在看的大多都是杂书了，外国小说在阅读中只能占到百分之十上下。现在，我手边摆的都是文史之类书籍。

余：问具体一点，博尔赫斯与马尔克斯，你会如何面对他们的作品？

叶：马尔克斯我还会再看，博尔赫斯恐怕一时是不会再看，要看也不看小说，看他的非小说。

这次谈话的标题是从前面的一次谈话里移来的，放在这里，倒也合适。

如果是做学问，叶兆言肯定不会选择外国文学。他很看重硬功夫，“死学问”，要搞古典文学，首先古文要读得通，要搞外国文学，外语要过得硬，对有“一技之长”或是擅长某一门“绝学”的人，比如精通外语者，治小学的人，叶兆言从来都是佩服的。有不少人有意无意间总是会鄙薄从事别的行当的人，我的印象中，凡叶兆言所不能而旁人擅长者，他都有一份钦羡，而他所钦羡者，首在“基本功”好的人，基本功就是死功夫、硬功夫，对他而言，“死”的不行，就“活”不出来。中国现当代文学专业的研究生大都看不上资料、年谱之类的“死学问”，叶兆言正相反，就喜欢在史料里打滚。

没有外语的金刚钻，他当然不会去揽外国文学的瓷器活。但是他对外国文学的热情是一贯的，既然他说“外国的月亮不比中国圆，外国的小说确是比中国好”，专事写作之后，外国文学的阅读于他自然更是不可或缺了。在这方面他的阅读量之大之广，从他书橱里显著排列，案头上、枕头边堆积的书籍中即不难看出，从谈话中提到的书名也可见出一斑。不料看了谈话整理稿后叶兆言节外生枝提出了一个问题，他担心开书单似的列出那么一长串书名，读者会不会疑心他是在卖弄学问。事实上类似的惶惑，他看另几篇谈现代文学、古典文学的稿子时也有。我想他肯定愿意别人承认他读书读的是多的，其实他也以此自负，不过卖弄炫耀却是他深为忌讳的。以他喜欢唱低调的性格，这样的惶恐倒也属题中应有。只是在我看来，这未免多虑了。我没有接触过多少当代作家，但以我的推想，在酷嗜阅读以及阅读量上，叶兆言在作家中恐怕少有人及。

二〇〇〇年五月二日

要是你被流放，我劝你带上一本
《林纾选评古文辞类纂》就足够了。
说到底，我还是喜欢周作人，
他一生好像在写一部著作

余：从写作的角度看，如果让你随口报五篇好小说，你会报哪几篇？

叶：卡夫卡的《在流放地》，梅里美的《伊尔的美神》，福克纳的《献给爱米丽的一朵玫瑰花》，麦卡勒斯的《伤心咖啡馆之歌》，还有，杜拉斯的《情人》，这只是脱口而出，下一次我可能会给你另外五篇。这些作品都值得精读，读一百遍有一百遍的好处。

余：除了梅里美那一篇，其他都是二十世纪作家的，不知在当代作家中这是否有代表性，是否可以以此推测早先的小说对当代中国作家而言，已不具备写作上的借鉴意义？“古典”作家中还有其他人你精读过吗？比如说契诃夫的？

叶：《草原》。和我前面提到的几篇一样，都是当课本阅读的。

余：课本阅读？我倒很想知道，现在读小说，比如说马尔克斯的东西，除了“学习”，你还有没有快感，比较单纯的快感？

叶：那当然有，我喜欢马尔克斯，如果没有快感，读它干什么。去年我曾把《卡拉马佐夫兄弟》重读了一遍，其乐无穷。

余：我想问的是，阅读时同样怀有功利目的，在读某些作家时是否更有快感，比如读马尔克斯与读博尔赫斯是否有所不同。

叶：更喜欢马尔克斯，更喜欢的原因——我明白你的意思，的确如此——博尔赫斯更像纯粹意义上的课本，马尔克斯则有一些更能打动你让你激动的东西。

余：有很多人喜欢博尔赫斯甚于马尔克斯。印象中有很多搞艺术的人特别推崇他，比如欣赏他有一种“纯度”，不知是不是比较起来……

叶：他有更多不知所云的东西。

余：马尔克斯在有些人看来，大约是泥沙俱下。

叶：马尔克斯俗名太大，他的小说可以搁在超市里，和香肠一起卖。但是他有非常实在的一面，就像刚刚讲的，他能让你产生阅读快感。就跟做爱一样，快感是重要的，很纯粹的东西有时候会非常蒙人。

余：反正就我个人的阅读而言——我老在追问你，是因为想比照我的感觉——可能因为不搞写作，那些不提供阅读快感，只能当课本的，读来总不那么痛快。

叶：如果不能真正打动，就很难说是真正的好作品。

余：这是另外一回事了，什么时候，任何偶像级的作家都会碰到这种情况，一旦被偶像化，追随者就多，不喜欢也要说喜欢，成为另一种时尚，不参加到时尚中来总有一种恐慌。

叶：恐慌这个词很好。

余：据你看来，博尔赫斯的短篇小说有什么样的位置？

叶：短篇小说是发展的，从莫泊桑到契诃夫，再到博尔赫斯，一直在往前走，博尔赫斯以后，似乎还没有可以和他相提并论的大家。我指的是那种完全靠短篇建立名声的，谈短篇小说，博尔赫斯你无法轻易绕过。他的某些小说可以让人产生快感，而且，就短篇的技巧而言，是很好的课本，不管怎么说，课本还是需要的，我的犹豫就在这里，学习写短篇，博尔赫斯永远是必须的。

余：我刚才问你是从另一角度，纯是谈个人阅读感受的差异。你说的这些我当然没有疑义，博尔赫斯已经是一种巨大的存在，绕不过去的。

叶：现代写短篇的人没办法避开他，他带来的是革命性的改变。博尔赫斯与海明威和纳博科夫同年，他们当红的年代不同，产生影响的时期也不同。中国作家中，老舍和闻一多也出生在这一年，就成名而言，两位作家完全有理由和他们一搏，但是我们很惭愧，老舍和闻一多都在国外待过，按说他们应该有这样的底气。可是我们的文学中断了，不管怎么说，今天模仿博尔赫斯，总比模仿欧·亨利和莫泊桑好一些。有博尔赫斯做参照，写出来的小说不至于惨不忍睹，很容易及格。我在用词上一直比较犹豫，我觉得博尔赫斯教我们如何判断短篇小说的好坏，他提供了一种标准，一种尺度。

余：能够被称为里程碑式人物的人总是带来一种新的尺度：什么是好的，什么是坏的——

叶：这种尺度很重要，我现在判断小说的好与坏，里面便包含着博尔赫斯的教诲，譬如他追求的不确定性，譬如简单，一个作品的好坏还是有判断的，阅读和写作一样是种技巧。我觉得短篇小说越来越难写的根本原因，是好的短篇太多。太阳底下没有新事物，我们总是忍不住要叹气，时至今日，短篇小说还能怎么写呢？

余：你刚刚列出的一张时间表倒是很有意思，我倒并没注意到，老舍和闻一多是博尔赫斯和海明威的同龄人。

叶：是很有意思，你也可以说中国作家的起点并不是很低。如果新文学正常往前走的话，也很可爱或者可观。博尔赫斯在三十年代还没有冒出来，他的成名就要算是迟的了。我没做过研究，不知他的成名迟，是否和他是一个拉美作家有关系，他不是英国作家，不是法国作家，和中国作家一样，长期以来属于话题之外。今天的博尔赫斯火爆，某种意义上来说，也是沾了拉美文学爆炸的光，他其实是一个不折不扣的老家伙。

余：问题在于，博尔赫斯似乎还活在当代。

叶：年龄是可以蒙人的，高尔基与鲁迅的老师章太炎同年，比海明威他们这一茬人要大三十多岁，但是对世界文学的影响，一度却是同时的。高尔基的早期作品对中国没什么影响，他的走红与海明威扬名世界文坛是同步的，都是在三十年代，分别在各自的国度里达到巅峰。正是从这个意义上说，高尔基与海明威差不多同时影响世界。要知道，我们的时间概念总是混乱的。

余：高尔基前期创作对我们没影响吗？

叶：高尔基最好的作品，只是对十九世纪的欧洲有影响，对中国的影响并不大，虽然大家也看，也说，但是对中国文学创作有影响的是社会主义现实主义。

余：这样吧，我们转个话题，再来说说中国古典的东西。

叶：这方面我的底子太薄了，不值一提。

余：我印象中你很迟还没读过《红楼梦》。

叶：对，说起来真是惭愧。你要我如实交代的话，我只能说中学时代能背过一些唐诗宋词，都是很偶然的，手边恰好有本小册子。“文革”中，我祖父曾表扬过我，说还不错嘛，竟然能背几首诗词。有一次，我一口气背了十几首辛弃疾的词，祖父很高兴。这就是我上大学以前的那点可怜的资本了，我开始认真地读古典，还是在陈瘦竹先生点拨之后，肚子里的那点东西都是上大学学的。也许我还算认真，或者说方法更合理一些，像学古文，我像小学生一样老实。学古文没有任何捷径，学一篇是一篇，学了就会，不学就不知道。

余：我想谈的是古典小说。

叶：古典小说很长时间里对我是个空白。《三国》《水浒》是早就看过的，这是男孩子的书，《水浒》很好看，就像《基督山伯爵》一样。《红楼梦》早先也翻过，没看下去。另外还偷偷看过《金瓶梅》，那是当“黄书”看的，也没悟出多大道理来。

余：偷尝禁果的读法自然谈不上“悟道”，不过《金瓶梅》等书你后来好像补过课。

叶：那是后来的事。读大学三年级的时候，不知怎么的，突然对一向看不上眼的《红楼梦》入了迷。

余：三年级时正好是人民文学社出版了一种新注横排版的《红楼梦》。

叶：当时是为什么，现在也说不清楚。也许是觉得不看不行了，毕竟是念中文系，不读《红楼梦》非把老师气死。“三言二拍”过去也看过，原因很简单，那是因为里面有点性描写。我父亲曾经把“三言二拍”收藏起来，因为我们家有一套未删节的全本。我过去对中国古典小说没什么好印象，本能上总是觉得那不是好东西，不值得看，受了那么多的外国小说影响，当然不会觉得好了。与中国古代小说相比，还是读古文有些帮助，古代散文，唐宋八大家，《史记》，明清小品，要比小说对我有影响得多。在古文上，我好歹花过一些时间，《史记》读的是王伯祥选注的《史记选》，古代散文读的是人民教育出版社的三卷本《古代散文选》。这一类的东西，大学四年，没断过看。我觉得它们对我很有好处，我身上的那点可怜的传统，大都是这些作品给我的。

余：有些小说还是认真读过的嘛。比如我就记得我们那时谈论《儒林外史》——

叶：那是后来的事。《儒林外史》当然要看了，那是可以当饭吃的。

余：怎么叫作“当饭吃”？

叶：《儒林外史》后来读得很细，原因很简单，那是夏志清先生叫我们读的。夏志清说那是最好的白话小说，我们怎么能不读呢？

余：《金瓶梅》你也是很兴奋地叫过好的。

叶：《金瓶梅》的确是好。我读的是洁本，对了，这说起来有意思，最初我们只看被删的那部分，后来，又不要再看那部分了，没有了挺好。

余：《醒世姻缘传》你也以为好，《红楼梦》你后来是入迷的。——你说中国文学对你没影响，这些都不算吗？

叶：要这么说也可以。你用警察的口吻审人，我还有什么好抵赖的。有些东西重新读，才读出些味道来，像话本《卖油郎独占花魁》，一开始是真不喜欢，像《杜十娘怒沉百宝箱》也不喜欢，后来重新读了，就发现确实有好的地方，我成熟了嘛，这就是上大学的好处，像《儒林外史》你没法说不好，除非你是傻子，从语言的叙述，到那种名士气，那种从容，足以让人学到不少东西。这本书和《金瓶梅》一样，都是教人如何使用汉字，原先都是欧化的文字，我最初的汉字功夫，都是译文垫的底。

余：你说过非常赞同王小波关于文学师承的说法，就是自己的语言基础，是从好的译文家那儿学的，现在又承认《儒林外史》

《金瓶梅》教你文字，那前面一种说法是不是有点把话说绝了？

叶：我的话并不矛盾，只是一种如实交代。

余：怎么叫如实交代？

叶：就好比小孩子学认字，先学了汉语拼音，先认识了字母。

余：还是没把话说清楚。

叶：译文为我们打了底子，是启蒙教练。我最初的汉语知识，是傅雷的译文教给我的，我曾非常顽固地认为，傅雷的汉译是最好的汉语言读本。换句话说，傅雷的译文与《儒林外史》是相通的，趣味上有相同之处。

余：是不是所有的译文都这样？

叶：当然不是。从纯语言来说，译文造成的灾难和好处一样严重。有的译文，没有好的帮助，只有坏的帮助。像萨特小说的那种翻译对我绝对没影响，在我所见的译文中，最糟糕的要属高名凯翻译的巴尔扎克。这种可怕翻译的结果，是使你厌恶外国小说，不是喜欢外国小说。我们得感谢傅雷翻译的小说，巴尔扎克的《高老头》《欧也妮·葛朗台》，那些译文使我第一次体会到语言的优美，这直接影响到我后来的写作。以后发现《儒林外史》等小说更好的汉语言时，无非是对以前语言间架结构的一种改变，这其中可能包含了一个过程。我现在想，是不是我最早的风格就是雨果式的那种文字，很夸张，后来经过了巴尔扎克的具体，这得感谢傅雷，磨练的自己的写实底子。为什么我会对《欧也妮·葛朗台》的印象那么深呢？因为有一段时间认为这是最好的语体文教材。看了《儒林外史》后，我才知道原来小说还可以这样写，这对我也有影响，但已经是补充。

另外还有一个问题，过去总觉得中国文学太俗，我们刚才提到的中国文学作品给我们提供了一个俗的信念，俗也是好东西。

余：这倒是。中国文学确实俗，文学并不一定要避俗。

叶：这给我一个最大的启发就是，作家要敢不避俗。

余：实际上你最早的作品都不避俗，对你小说的一些评论都认为你市井气很重。中国古典小说市井气都很重，像《金瓶梅》。放在“三言二拍”中的如《杜十娘怒沉百宝箱》等，是比较浪漫的，实际上与西方小说比起来，市井气还是很重的。

叶：好的西方小说中也不乏市井气。

余：古文对你影响怎么样，有一阵你似乎很下功夫。

叶：古文对写小说帮助不大，对写散文帮助很大。我现在写散文，无形当中会流露出古文的一些东西。看古文的时候，像学外语一样。

余：记得读研究生的时候，你有一段时间想学古文，还找到一个老师。

叶：不错。这个人是洪诚的弟子，我当时真迷恋古文，想正儿八经拜师学古文。我总觉得应该和别人有一段不一样的经历。我到中学里去讲课，让喜欢写作的人读些古文，那帮孩子认为我是疯子。他们和我大谈网络文学，我想我是太落伍了，就好像我上大学才看《红楼梦》，这让那些有文化的人很吃惊，怎么到这时候才看，这也是一种落伍。想读什么是勉强不了的，以前《红楼梦》就是吸引不了我，谁劝我看，我也会认为他的脑筋有问题。

余：这也说明中国小说与西方小说完全是两个路子。我们以前看过《西游记》《水浒》，后来再看《金瓶梅》《儒林外史》，都觉得与以前读的完全是两回事。

叶：觉得《金瓶梅》真好看了，说明东西方作品已经开始兼容。

余：这种好看与西方小说的好看不一样，西方小说可以直接为你提供一种框架、范本。

叶：还有世界观的形成，像雨果和托尔斯泰的小说，现在想想，那样的文学青少年看肯定有好处，内心就是一种善。小孩子如果从《红楼梦》中获得对世界的认识，可能会很尴尬。

余：中国古典小说中，你读的最多的是哪些？

叶：也许《红楼梦》。想当年，我们总在一块聊，还看了许多研究《红楼梦》的东西。另外就是《儒林外史》，而一直不间断阅读的应该是《世说新语》。大学三年级的时候，我发疯地读《红楼梦》，经常用《红楼梦》中的东西举例子。也许有一天，我还会再读。最近因为搬了家，我的阅读量增加得很厉害，可能是环境好了，取书太方便。最近的阅读事实上已经影响到我写作了，这是多年来没有过的，我这一阵阅读的书很多、很杂。

余：这又有点回到非功利阅读了。

叶：我看的书乱七八糟，看朱学勤的书，两本《杜拉斯传》，相互没有关系。我最近在比较《情人》与《来自中国北方的情人》，不是两个版本吗。我身上总会有一点“酸”的地方，动不动就摆出要做“学问”的样子。一想到学问，我就觉得自己可笑，因为我根本就没学问，从这本跳到那本是很自然的事情。

余：就好像学古文，阅读常常会发生连锁反应。

叶：你第一遍读欧阳修《醉翁亭记》时，会觉得很奇怪，句子总是重复，用来用去就是那几个词。后来读出味道来了，他要的就是这效果。欧阳修是一代文章大师，他的《洛阳牡丹记》却是另一种味，《泷冈阡表》又是一种味。我一度对古文入迷，就是因为古文的类概念特别清楚，像《林纾选评古文辞类纂》，要是你被流放了，我劝你带这么一本书就足够了。

余：现代作家中的散文呢？

叶：周作人，对他恨也恨不起来，他是集大成者。沈从文的散文我也喜欢，像《从文自传》。鲁迅肯定跳不过去，还有朱自清，我喜欢他后期的东西，前期的作品文字有着严重问题。俞平伯的散文我不是太喜欢，和朱自清早期的东西一样，在文字上太造作。朱自清的《荷塘月色》《匆匆》不是好文章。丰子恺的散文很好，师陀的散文很好，郁达夫的散文也很好，像他的日记和游记，还有张爱玲和苏青。散文作者似乎要比小说作者强得多。

余：胡兰成怎么样？

叶：胡兰成不错，是个很坏的才子。说到姓胡的，胡适文字非常好，包括学术论文。

余：非常平和，一清如水。

叶：胡适其实很值得研究。

余：林语堂呢？

叶：林语堂当然也不错，他的小说不怎么样。说到底，我还是喜欢周作人，我喜欢他那种从容的写作状态，拉开就写，说完就算，这是一种很好的自由境界。挤半天才挤一篇文章出来，总不是件事。周作人，他属于那种写作欲望比较强的，一生好像在写一部著作，你甚至评价不出哪一篇文章写得好。

余：周作人后来的创作，确实说不出哪一篇好。

叶：读鲁迅的时候，你会觉得是在读一个伟人的作品。读周作人的时候，基本上没这种感觉，你就觉得在和他聊天，什么时候都可以停，什么时候都可以开始。他的写作和阅读都是这样，距离消失了，不知不觉中你可以得到知识，也可能什么也得不到。但有时候你会发现，即使得不到知识你也想看，因为在这其中你可以感觉到一种阅读的吸引力。事实上，这一直也是我追求的一种境界。周作人已经没有什么功利性了，就像我们现在谈话一样，不是在上课，在教训或被教训，是一种非常平静的聊天。如果每一篇文章都是地道范文，串起来你就感觉到是拿着一串珠子，一串大小完全一样的珠子，你会觉得很不舒服。周作人没有这样的感觉，他的文章每一篇都不一样，好像都是随意写的，读他的作品不会感到吃力。我看周作人写的序，其中破绽很多，都很随意，可能写多了，就达到自由境界了。破绽有时也会很好玩。

余：他的作品无痕迹，不留下痕迹。

叶：他把生命的过程留下来了，这是一种很高的写作境界，一般人很难做到。

余：你刚才谈的是周作人的杂文，每一篇都很精彩。他不需要论题，随便什么拿起来就能写，因此，他也就把写作过程一起留下来了。

叶：鲁迅对周作人的高评价不是瞎说的，他觉得老弟比自己强。

余：这两人都不得了。

叶：鲁迅文章语言比周作人漂亮，鲁迅身上有魏晋风骨，周作人身上却是晚明风气。周作人写起古文来，不如鲁迅那样轻松。鲁迅的古文底子要比周作人深厚。

余：又回到古文上来了。

叶：现代作家的好散文，离不了古文底子，这就是传统的坏处。

余：这话什么意思？

叶：汪精卫文字就很好，还有陈布雷，包括更早的梁启超，说现代散文，不提他们是不全面的，他们的文章有个共同点，都是抒情。

余：所谓笔锋常带感情。

叶：他们的文章收进当时的教材中，就其影响而言，也应该提一下。我祖父编过《古文八百课》，这套老掉牙的教材，对我多多少少有些影响。讲文体变化，不能老讲白话文，白话文和古文之间，并没有我们想象得那样老死不相往来。实际上林琴南、严复的翻译产生的影响，完全不在白话文运动之下。他们之后，学这种文体的人多得不得了。苏雪林曾讲过，林觉民的《与妻书》完全受林纾译文的影响。你不得不承认《茶花女》、严复的《天演论》翻译得确实好。这些人古文太好了，古文好不应该是什么过错。“文化大革命”时，为了“批林批孔”，有一阵突然流行学文言文，我表姐在工厂里也成立了批判组，把先秦的文章拿回来，问我祖父。这当然是很容易的一件事，还有一次，发现了毛泽东中学时代的一篇文章，也是让我祖父做白话注解，对我祖父他们这些人来说太容易了。

余：那篇文章我看到过，那是典型的新民体，鲁迅他们一开始在日本写文章都是那个调。

谈了现代文学、外国文学，顺理成章的，似乎就该谈谈古典文学了。叶兆言自谦他底子太薄，而我想这方面他与当代作家肯定也是可以一较短长的，只是他说这话时恐怕在想着前辈作家，特别是想到他祖父那辈人，当然不由得就心虚（反过来要说外国文学，他恐怕就气壮得多）。也不全是出于自谦，文坛上像他那么迟才读《红楼梦》的，恐怕就没有几位。大学三年级时他还没读过《红楼梦》，我听了立时就表露过夸张的惊讶。然而读没读是一回事，读了悟不悟则是另一回事。如若只是知道了点风花雪月，宝黛悲情，读了又何益？几时就读了《红楼》，几时就会背唐诗，这只配做炫耀的资本，真正有所得才是能耐。叶兆言的有所得往往不是“兴与人同”，也不属我心目中的那种“心知其意”，他常放过旁人以为当有所悟的“宏旨”，而在旁人以为不必经意处别有会心，歪打正着，以惯常的眼光看去，有时你还会觉得他之所悟是“误会”，然千真万确的是，他总能以他自己的方式悟到于他有益的东西。

传统小说读得晚，古人的文章叶兆言则似乎早有兴趣，这与家庭的影响不无关系，叶家是很看重古文底子的。我还记得那次骑车去浙江，两个人都带了《明代散文选》，一路上老在谈论归有光、张陶庵。喝了酒读上几篇《陶庵梦忆》，真是陶醉。当然，叶兆言兴头上的话也不能当真，他劝你流放带上一部《林纾选评古文辞类纂》，多半是这阵子对此书正入迷，下一次你蹲大狱，没准他又会对你说，带上一部欧阳修文集或是别的什么，足矣。可预言者，他推荐的十有八九是古人的文集，而非诗集。

二〇〇〇年五月十五日

诺贝尔奖注定是尴尬的，注定让中国作家哭笑不得

余：我们找个流行的话题谈谈，这就是诺贝尔文学奖。从表情上看，你似乎不喜欢这个话题。

叶：我经常被问到这个话题，它本来不是个问题，可是被问多了，就成了一个确实存在着的伪问题。对了，你是研究张爱玲的专家，我记忆中，张爱玲好像从未提到过诺贝尔奖，这几个字跟她没有什么关系。

余：好像没有。不光是张爱玲，一九四九年以前，中国的一流作家当中，好像就没有人脑子里有诺贝尔奖这根弦，当然他们知道存在着这么个奖，但是没有什么人觉得这个奖和自己有什么直接的关系，把自己与这个奖挂起钩来。从什么时候开始，中国作家、中国文坛开始有了这根弦，也就是所谓“诺贝尔情结”的呢？

叶：过去谈论外国作家，不提诺贝尔奖，很少提到。

余：即使被谈论的作家得过诺贝尔奖，谈的人也不把得奖当作是他创作的一个标志性，当作里程碑来议论，啊，这是一个得过诺贝尔奖的作家！——好像奖本身并不能给这个作家增添多少光彩。

叶：我有一个很深的印象，二三十年代中国文坛对弱小民族作家的重视，远远超过了对诺贝尔获奖者的重视。鲁迅、茅盾、周作人，都非常强调介绍弱小民族文学。比如那时介绍瑞典的拉格洛孚，并不是因为她得了诺贝尔奖，可能对她获奖提都没提，当时介绍她，只是因为她是弱小民族作家，她反映的社会背景似乎与我们有关。我们特别注意像波兰、匈牙利、瑞典这些东欧、北欧的文学，“红色的三十年代”则推崇像埃林·比林、哈谢克、巴比塞、辛克莱，还有法国的纪德，这些都是当年的畅销作家，而介绍这些人时，都不强调他们得过诺贝尔奖。

余：对。介绍的人不渲染，甚至根本就不提这一点，不管是一般的读者还是特殊的读者——我是指作家也不以为意。这话头先放一下。你刚才说你去搞讲座或是座谈，诺贝尔奖问题是必提的，他们都怎么提？

叶：大都是这样，中国作家在二十世纪还没有得诺贝尔文学奖，对此有什么看法？

余：你有什么看法？

叶：没有看法。

余：是不是还问未得奖是何原因？

叶：这倒问得不多，基本上都是问看法。我恰恰没有什么“看法”，只好胡乱谈原因。

余：我在想象二三十年代的情形，像鲁迅、茅盾等人也常到学校演讲，沈从文后来就在学校里教书，肯定要面对各种各样的提问。那时有无这样的情形，学生围着他们，追着问诺贝尔奖的问题？似乎当时的记载或后来的回忆中都没见到过。

叶：肯定没有。我记忆中的诺贝尔奖成为一种“痒”，是从八十年代初开始的。我印象很深，那时我已开始写小说了，浙江文艺还是浙江人民出版社出了一套诺贝尔文学奖得主获奖小说选，这是一笔很好的买卖，那时候也没什么版权之说，任何一个对外国文学稍有了解的人，都能编这么一套书。这套书当时很畅销，也产生了广泛的影响，印象中就是从那时起，报纸上、文学界都把诺贝尔奖当回事了。记得是辛格得奖，还有后来的马尔克斯得奖，都曾引起了轰动，都变成一种流行。一九七六年贝娄得奖，一九七八年辛格得奖，这两个人得奖正赶上国内粉碎“四人帮”，赶上我们的新文学起步，像辛格是新科状元，所以大家的感觉特别强烈。贝娄是一九七六年，也比较新，到了八十年代的马尔克斯，他在未得奖以前舆论已经造得很足了，等到一九八二年得奖，已是没人不知，无人不晓。所以我说诺贝尔奖的热就是那时候开始炒起来的，那时候好像也没有中国人是否该得奖的问题，只是把得奖作家看作最流行、最新潮的东西。

余：那时是新一轮的外国文学热嘛，而且像五四时代一样，这股热有很浓重的趋新色彩，诺贝尔奖无形中成了外国文坛新趋势的风向标，成了外国文坛新热点的表征。到后来才与中国作家发生关系，渐渐被塑成一个奋斗目标，或者用你的说法，成了一个“痒”，似乎中国人不能染指该奖就是莫大遗憾。得了奖似乎中国文学就走向世界了，或者达标了，诺贝尔奖成了某种标记，走向世界或是现代化的刻度。——似乎是有这样一个过程。

叶：就我的记忆，八十年代对诺贝尔奖的关注更多地还是一种学习，想更多地了解世界文坛的最新动态。到了九十年代，就有点不安生了。

余：辛格引起那么大的关注，不知是否因为他对中国作家还有鼓舞的作用。因为他是犹太作家，而且在创作中利用了他的犹太背景，而中国八十年代正是“寻根热”。

叶：犹太作家中好的太多，有一大串，这可不是个卖点。要是我报出一串名单来，别人非以为我是想卖弄不可，犹太人写小说就和他们做生意一样，是天才，他们有一大群出色的作家。

余：我想说的是辛格对“寻根热”的鼓舞。

叶：不知道别人怎么看，我作为一个写作的同行，似乎没有这因素。首先，我对“寻根热”毫无兴趣，其次，我觉得八十年代的作家还是蛮虚心的。人一虚心就好办，对什么事就不在乎。当时并不是把诺贝尔奖看得很重，很当一回事，只是认为搞创作的人，当然应该读一些好的东西，相比之下，获奖者的作品也许不错，如此而已。到九十年代情况就不同了。九十年代又有了很多得主，中国对新科状元已经毫无热情了，包括日本的大江健三郎，虽然也出了他好几本书，但我们也看不出他的影响在什么地方。这时兴奋点已经不在作品本身了。

余：炒得很热，书出得不少，对作家的写作没有真正的影响，没有真正的兴奋。

叶：大江健三郎好歹是个亚洲人，离我们比较近，还算是热闹。好像美国一个黑人女作家，就是写《所罗门之歌》的那个，九十年代得奖的，已经变得很不重要了，差不多就是无声无息。她的几个小说我都看过，的确写得很好，真可惜她了。

余：前面说到中国作家在西方作家面前的“虚心”。事实上刨去一九四九年到八十年代以前这段封闭的时间，自五四以来直到八十年代末，中国文坛一直是很虚心的。鲁迅拒绝做诺贝尔奖候选人，他答复此事的那封信的内容，从某个角度上讲，体现的就是中国作家的虚心。鲁迅说他不配得奖，那个时候，鲁迅不够格，中国作家中还有谁呢？

叶：你这个话题可以往下延伸，我觉得九十年代的作家已经不虚心了。很不虚心，自以为是。一方面很急，一方面很不虚心了。

余：因为“中国可以说不”了。我发现这和整个社会的浮躁氛围是有连带关系的。从五四往下，相当长的时间里，西方作家和中国作家有一种老师和学生的关系，从事新文学的人承认并接受这种关系——是有这样一种心态。往往把西方作家放得位置较高，认为自己还不好比。当然，这里的“高”与“不高”与得诺贝尔奖没有什么关系。

叶：我想对中国作家来说，这可能是一个好传统，很在乎究竟是不是好作品，按照一般的推理，既然得了诺贝尔奖，起码可能是一部好作品。但中国作家的确也不把得奖当回事，中国作家一向是有自己的判断的。

余：像你前面提到的拉格洛孚就是一个例子，她所以被介绍进来，是因为她属于弱小民族这个范畴，虽然拉格洛孚的创作实际上并不带有新文学作家推崇的反抗精神，就是因为她是北欧的，介绍者的兴奋点根本不在得奖上面。仅凭是否属弱小民族来取舍，显然不能算是筛选好作品的有说服力的标准，不过那是另一个话题了。现在我突然想到的是，二二十年代作家对诺贝尔奖无动于衷，是否是因为他们把它看成了来自另一阵营的标准的体现，因为五四以后的中国文坛一直有一种“左”倾的趋势。

叶：显然不是。诺贝尔奖的标准一直是犹疑不定。一开始它的目光只是盯在了欧洲的一个角落，实际上它给美国人给得很迟，一直到三十年代。轮到亚洲就更迟了。它的观点一直在摇摆，而且它失去了太多的机会。我们熟知的，在俄国失去了托尔斯泰，失去了托尔斯泰我觉得对整个世界文学没有交代。俄国应该得奖的还有契诃夫、高尔基。在法国失去了普鲁斯特，法国可以去掉两三个，三四个，也不应该少了他。

余：要是开名单，可以列出一长串。我们过去也在一起讲过，如果把得奖者和未获奖的出类拔萃的人物分别开出一个单子的话，那后者可以让前者大为失色。

叶：不仅是失色，得奖者的那套阵容肯定输掉，事实是，没得奖的比得奖的强得多。

余：刚才提到的几位，对世界文学的影响是难以估量的，而且是各个方向上的影响。

叶：所以诺贝尔文学奖的权威性本来就有问题，当然它也说明，文学要有权威的确是很难的。二战时，为了不得罪对峙的双方，它就给了最无政治色彩的赛珍珠。它说要避开意识形态的因素，但它给苏联的几位作家就是出于政治的考虑。既然标准是多重的，如果要问中国作家可不可以得奖，那我就要说，中国还是有几位作家是够获奖的资格。比如鲁迅，要以一个作家的影响做标准，那鲁迅绝对是够格的。况且你刚才也讲了，能否得诺贝尔奖，也不单是一个小说的问题。

余：谈到鲁迅是否有资格得奖，也许有人会说，鲁迅只有二十几个短篇，怎么能得奖。但至少从诺贝尔文学奖的历史看，它并不是一个纯创作奖。很多得奖者根本就没有文学作品，有些人根本不是因为创作而得奖，像罗素、柏格森，是哲学家，丘吉尔，是政治家，因为他的回忆录，他们获奖的原因主要是文章写得好，是广义的散文家、文体家。而鲁迅，不谈其他，就谈作为文体家的鲁迅，就完全有理由得奖。

叶：至少有两点，鲁迅是有条件的，一是他产生的巨大影响，二是他的小品文、杂文。

余：不是局限在杂文上，他的文体可以涵盖小说、散文、杂文，文体家的一面体现在他所有的创作中。

叶：除了鲁迅，已故作家中还有两位也是可以的，一个是沈从文，一个是钱钟书。据说沈从文未能得奖的原因是他已有很长时间没有创作了。这根本不能成为埋由，卡内蒂也是八十年代得奖的，在那以前也很多年没写东西，况且他就只有一部长篇《迷惘》。再说钱钟书，钱钟书不光有小说，还有其他，特别是他的《管锥编》，从丰富文学的角度讲，我觉得是非常可观的一部书，是一个全新的东西。《管锥编》常让我想起《尤利西斯》，要是钱钟书能得奖，能使得诺贝尔奖更具丰富性。二十世纪大谈比较文学，这部书恰恰是真正做了比较的。

余：但是诺贝尔奖数下来好像还没有文学理论家得过奖的。以《管锥编》来定位，钱钟书是学者，学者得奖好像就更是没有了。

叶：艾略特应该算半个。

余：艾略特是诗人，也是批评家，但他得奖是否也考虑到后面这一层就不得而知了，全少主要的理由是他诗歌方面的成就。被提名的人当中倒是有克罗齐和弗洛伊德，看中的可能都是他们的理论对文学的影响。不管怎么说，我想钱钟书是得不了奖的，《管锥编》谁能懂？由此也就令人想到人们谈论中国作家为何得不到诺贝尔奖时常说到的一点，就是翻译的问题。有些作品，翻译的问题还不是很大，像《管锥编》，中国人全读懂的也没多少人，谁来翻译？

叶：这说起来反而简单了，因为这是评奖者的问题，不是中国作家的问题。

余：不过这个问题也可以倒过来看，即使评奖的一切都是合理的，甚至不排除搞地区平衡的可能，评委会也很难把中国最好的作家评上去。中国人眼中最好的作家未必是西方评委眼中的最好。中西文化的差异太大，中国的许多东西他们不理解，所谓“夹缝文章”他们读不懂。林语堂被提名是个很好的例子。他好像是六十年代……不管确切的时间吧，这肯定是真的，他曾得到诺贝尔文学奖的提名。但是他的小说实在不怎么样。我不知道你作为一个小说家，对林语堂的小说有什么看法。

叶：我想林语堂的小说显然不是很好。况且，即使他的小说写得好，他若得奖也很煞风景，因为他的小说都是用英文写的。撇开语言的问题，就小说论小说，他的小说非常糟糕。我看过他不少小说，很一般，甚至不如张恨水，或者说，就是不如张恨水。

余：我也这么看。我以为作为小品文家，他在三十年代的名家中可以算一家，以小说家而论，那就不是一流不一流的问题了，可能根本就算不了一家。所以他被提名，对中国文学就是个不大不小的讽刺。虽然写得不好，与很多更杰出的作家相比，他倒容易被西方人接受。

叶：诺贝尔奖注定是尴尬的，注定让中国作家哭笑不得。

余：也不光是中国作家，其他国家也是摆不平的。回到前面的话，俄国托尔斯泰没得，就叫人哭笑不得。有些作家未被看中犹有可说，比如说过于“另类”了，写作路数不易被接受。托尔斯泰是主流的，最正宗的，追随他的人太多了，结果——

叶：师傅没得奖，徒弟倒接二连三地得了。

余：是啊，而徒弟并不是青出于蓝。那些很崇拜他的人，像高尔斯华绥、罗曼·罗兰都把他看成导师，不管从哪个角度上讲，罗曼·罗兰的小说与托翁简直是没法比的，但是这二人都得奖了。这样的阴错阳差在诺贝尔奖评奖史上太多了。我不知道你怎么看诺贝尔奖具有的意义？

叶：我实在觉得很多关于诺贝尔奖的议论是个伪问题。在一些场合，你老是要面对这样的问题：你有什么看法？我原来没有什么看法，因为我一向不很看重得奖，根据我的阅读经验，没得奖的与得奖的比起来，优秀的作家同样多，甚至更多。而且，在得奖者当中，的确有不少很寻常的作家。所以我心目中，它没有什么权威性可言，我一向都是这么看的。刚开放的那些年，因为封闭太久的缘故，我们对新科状元很注意，这几年你会发现，大家已经很冷漠了。这是个好事，是正常的心态。现在中国人对得诺贝尔奖这么耿耿于怀，我个人以为不是件好事。为什么非要用西方标准，或者说用诺贝尔奖的标准，强加于中国文学。我想中国人肯定也是这样，也许有一天谁得了诺贝尔奖，大家都会愤愤不平，群起攻之。当年辛克莱得了诺贝尔奖，整个美国哗然：怎么能给辛克莱呢，这岂不是羞辱美国文学！说不定中国的一位倒霉蛋也会落到如此下场，一方面他是幸运的，因为得了国际文学最高奖，同时他也很倒霉，因为他注定要引起文坛的众怒。

余：要是不把这个奖看得那么神圣，平移过来看，中国也有好多奖，想想看，评奖的道理是一样的，有好多因素，好多标准。奖每年要评一次，你哪能保证每年都会出现一个好作家，哪能保证每年都有一部杰作？再形象点说，评奖也像杂志的情形，杂志得按时出版，每期都得有这么多内容，都要有这么多字数，都要有所谓“头条”，不是老听说有人在争头条吗？事实上头条又能作为什么标准呢？同理，奖，即使是诺贝尔文学奖，又能说明多少问题？

叶：这又回到一个最根本的问题了。文学是以情动人的，以奖来吸引人，以奖来衡量人，这本身就违背了文学的本意。

余： 是这样，也可以说，以奖来衡量作家，很不文学。我们过去老是笑话一桩滑稽的事，就是给作家排座次。以奖为标准，事实上与给作家排座次是同样的性质。

叶： 和女人选美也有点像。

余： 文学不是竞技体育，怎么能排座次？文学哪能有客观的标准，所以你刚才说的很对，这是个伪问题。

叶： 本来不是个问题，偏偏成了大家没有办法不谈的问题，我们真是在扇自己的耳光。

余： 尤其是正儿八经地谈的时候，就更显其伪。要是以资谈助，倒又是一说了。对了，你是否以为诺贝尔奖问题是媒体炒出来的？

叶： 这话题再不是，也就没什么不是炒出来的。我想也没几个中国作家在想，是不是该我得这个奖了，吃饱了饭没事做，想什么不行。读者也不见得去想这个问题，他看作品，好看就行。也不知从哪儿突然冒出这么个话题，于是颠过来倒过去，反反复复，大炒特炒，小报记者因此大赚稿费。

余： 大概是文学失去了轰动效应，只好在这上面找效应了。媒体炒这话题像炒其他话题一样，都算是题中应有之义。媒体似乎总有找话题或者制造话题的义务，这是理所当然，顺理成章。只要作家不被卷进去，不当回事，那愿怎么炒就怎么炒，反正添点热闹，添点谈资也不是坏事。要是作家为得奖而写作，那就是笑话了。

叶：像这样吃错了药的人不多。不多，却不能说没有。

这一次的谈话也许是全部谈话中最有“应景”意味的，虽说当时根本就没想到。今年秋天诺贝尔文学奖揭晓，旅法作家高行健在千禧之年成为中国获此殊荣的第一人。一时间媒体上沸沸扬扬，欢欣鼓舞的没几个，讨伐之声却是不绝于耳。我是从一个朋友的电话里知道这消息的，那人常以蒙人为乐，所以我以为又是一个玩笑。待知道此话当真，我的第一反应是禁不住发笑，不为别的，乃是因为马上想到了这篇谈话。真应了叶兆言的断语，而且是立马应验。他的断语是，得奖的人既幸运又倒霉，因为他“注定要引起文坛的众怒”，还有一句殊堪玩味，就是引在上面的，诺贝尔奖“注定让中国作家哭笑不得”——果不其然。

趁此机会，这篇谈话似应再缀上一段凑凑热闹。本想向叶兆言提议，再一想也就罢了。倒是想起多年前曾同叶兆言谈论高行健一个论小说的小册子，高氏预言因为生活节奏的加快，长篇小说行将消亡。我们都以为这是皮相之见。不意高得主多年后竟以长篇小说获得殊荣，这真是富于喜剧意味。

二〇〇〇年五月二十三日

好电影会使作家产生强烈的试一试的欲望

余：记得考研究生时，你的专业分数最高。

叶：那不值得一提。

余：记得当时有道题是分析曹禺的两个剧本。

叶：我对话剧剧本一直有着不同寻常的兴趣，话剧曾经很时髦，有现场感，一旦轰动，人们奔走相告，这当然是指过去的情景。

余：而且很容易地就形成一个共同话题。眼下能有类似功效的就是电视了。事实上，不管是过去还是现在，畅销、流行的作品，很大程度上都是因为触到、形成或者制造了共同话题——触到了这根神经。这一次我们是要谈谈影视，我想就从你厌恶的“触电”（可以这么说吧？）开始。

叶：可以。

余：不知从何时开始，许多作家都去“触电”，你也有“触电”的经历，似乎并不愉快。

叶：这是经常被问及的一个话题，我一直不大愿意谈。

余：因为老是“走麦城”，所以是“说不出的痛”？

叶：也不能叫“走麦城”，只是这种事顶无聊。我不明白外界为什么这么在乎，其实小说被改编成影视，这是很简单很普通的一件事。池莉举过一个例子，说写小说就像养肥了头猪，有导演要买这头猪去改编，那就改吧，导演是厨师，做出什么样的肉来，是他的自由，红烧清炖，悉听尊便，其实和作家已经没什么关系，作家在乎的还是自己的小说。

余：陈凯歌改编你的《花影》，一度曾被炒作得很厉害。

叶：这件事挺恶心，像是吃了个大苍蝇。

余：可是，那段时间我碰到过你，有好几次说到此事，你好像蛮兴奋。你说过陈凯歌很不错。

叶：那是我看走了眼。

余：除了《霸王别姬》，他后来的片子实在不怎么样。

叶：有一天，一个叫芦苇的人突然打电话给我，他是《霸王别姬》和《活着》的编剧，说想跟我合作，为陈凯歌写个剧本，写一个江南女子。当时说得很热情，说陈凯歌说了，此事非我莫属。芦苇我从没见过面，后来我跟陈凯歌见面，还带了本书给他，这本书是否到芦苇手上，不得而知，因为我当时已经感觉到他们之间有些不愉快。相比较而言，芦苇在国内的编剧中算是好的，但是我和陈凯歌见面的时候，已经没有芦苇的事了，虽然这事最初是他和我联系的，也不过一个多星期的时间，就已经没他的什么戏。我当时想，既然是合作，我和芦苇应该早些碰头，可是陈凯歌说的一些话，让我感到很惊讶。

余：他说了什么？

叶：我没必要把这说出来，反正不是好话。

余：你继续往下说。

叶：最初的设想很简单，就是围绕一名江南女子弄出一个故事。我和陈凯歌匆匆忙忙在金陵饭店见了一面，也没什么具体的东西，都是很虚的，完全是无中生有。我印象很深的，就是要写一个毒蘑菇式的女人，一个美丽的毒蘑菇，既美丽，又剧毒。晚上回家，我很快就想了个故事。第二天上午与陈见面，把这个故事说出来。陈很满意，连声说好，说绝，说我们就从这个故事开始。那个故事就是《花影》最初的一个雏形，故事结构，人物关系之类，基本上已经出来了。老实说，这是个很糟糕的东西，后来有一定的调整，但万变不离其宗，并没有越变越好。后来根据那个架子写了一个中篇规模的小说。写完之后，去北京，就这个故事再谈，陈说，现在更好办了，我们有了一个成形的东西，我已经能想象这片子会怎么样。当时他正好要去出席戛纳电影节，整天在忙，也没时间坐下来好好谈。我在北京待了三天，而后他就去了戛纳，同一天我回南京。回来以后我又把小说改成了剧本，主要是根据在北京谈的那些内容改的。我并不认为这是个很了不得的东西，因为这是共同合作的产物，已做了很多妥协。

余：《风月》上见不到你的名字，这是怎么回事?

叶：我不知道。陈拿走了我的剧本以后，就再没和我联系过。《风月》我已经看过，很差，不是一般的差，上面没有我的名字，其实是件很幸运的事情。《花影》不好，《风月》似乎更不好。

余：我完全是圈外人，有点好奇。搞电影的与小说家合作，有的是先有小说而后导演找上门来，《花影》原先没小说，照你的话说，纯粹是无中生有，以这种方式合作多不多?

叶：我也不清楚。反正这对我是个教训，像这样的事我以后再也不会做了，一个人不能连吃两次老鼠药吧。我当时也太单纯了，直到剧本写好，实际上就是写了两稿以后，都没有谈过报酬问题，一个字都没说过。事后想想很无趣，你把别人当君子，可是他偏偏就要当小人。不少搞写作的朋友都说，千万不要把电影界的人当人。他们也的确太不把自己当人了，我想到当时对我的吹捧就感到肉麻。

余：这样的合作，与先有了小说再改是有些不同的，因为框架是共同商定的，不完全是你一个人的意思，也就是说你是受到一定限制，这同你自己写小说大不相同，你是否觉得别扭？

叶：不同是有一些，但我觉得，这样合作搞电影完全是可以的。

余：我想你的意思是，这是两种写作，各有各的意思，而就合作而论，如果合作愉快，这种方式完全可行。

叶：完全可行，国外就有很多这样的例子。电影的核心是个好故事，要什么样的故事与导演有很大关系，而编故事自然是小说家的强项。所以结合好，应该可以做点事，但是有一条，必须大家相互尊重才行，不能跟演戏似的，先像哄孩子一样，然后说变脸就变脸。

余：也许影视圈中人的行事就是如此，他们见怪不怪。这和现在市面上的行情有关吧，影视现在行情好，早就替代文学唱主角了，这些人就把自己当大爷了，作家在他们眼里也许就是影视的储备库。

叶：有一位走红导演的电影在南京首映，别人给了我两张票，我和老婆一起去看，那冷场真不知该让我说什么。光是感觉好，没用的，搞艺术就别想当大爷，当大爷的搞不好艺术。

余：作家“触电”在国外不鲜见，各种各样的例子都有，不愉快的合作恐怕也不在少数。

叶：很多，杜拉斯就被电影气得死去活来。不得善终的合作很多，但是还会有作家继续“触电”，这恰恰说明了电影的吸引力。在电影之前，最有吸引力的可能是话剧，很多小说家都对话剧感兴趣。最有趣的是海明威，他居然也写了个剧本《第五纵队》凑热闹。对于过去的作家，写剧本是很容易进入的一件事，这也就说明戏剧的魅力。

余：据你看，吸引力在哪里呢？

叶：我想有两方面。一个不排除它的反响，有人缘。它能使作家迅速成名，比如说毛姆，毛姆写小说也写剧本，他成名却靠的是剧本，我有个印象，当年他火爆的时候，同时有四部话剧在上演，那时的话剧就相当于现在的电影。当时的海报把他和莎士比亚相提并论，人们都觉得他会像萧伯纳一样，将成为职业的剧作家，但是很奇怪，毛姆后来没有继续在这条路上走下去。不管作家是否追求“名”，客观上戏剧是很容易让人成名的。契诃夫也是一个例子，他的剧本上演时，整个莫斯科都在谈契诃夫。

还有一点，它的确有利。用不着把话说得那么清高，“利”是无可回避的，菲茨杰拉德就是靠好莱坞的周薪过奢侈的生活。福克纳也是个典型的例子，他靠给好莱坞写剧本挣钱，虽然他的剧本写得很糟糕。这不能怪罪福克纳，好莱坞需要的就是这样的烂东西，他只是按需供货。这就是作家与电影合作的一种不愉快的方式，这种方式的结果，变成一种纯粹的金钱关系，据我所知，现在很多作家写剧本就是这样。

余：作家为“利”写作的很多。我比较清楚的是张爱玲。张爱玲在美国写了很多电影，她和她丈夫的生活主要就靠给香港电影公司写剧本的收入。但她分得很清楚，写小说是一回事，写电影就是纯粹的谋生之道，她的剧本写得一塌糊涂。这和福克纳的情形差不多。不过比较愉快的合作也有。四十年代张爱玲就写过两个电影，很有成果，编、导也是皆大欢喜。《倾城之恋》改话剧，也很顺利。我想这与那个时候，编剧在影剧中占的地位有关，那和今天绝对是不能同日而语的。编剧扮演的是很重要的角色，发言权很大。我在一篇文章中看到过，李健吾一度和石挥在报上打笔仗，石挥那时已是红透半边天的名角，指责李健吾压人，而李这样的名编剧、名教授的确也不把石挥等人放在眼里。我倒不是想断他们谁是谁非，我想说的是作家在影剧中的分量的确非今天可比，今天作家已经是导演的附庸了，甚至就是当劳动力使了。

叶：编剧过去是很牛。最简单的一个例子是郭沫若。他老人家所以有这么大的俗名，不仅仅是因为创造社，因为新诗，四十年代他的《屈原》《孔雀胆》在重庆上演，非常轰动，这种反响使郭沫若声誉达到顶峰。抗战期间，没有电影可看，话剧成了最大的消遣，郭沫若经常到舞台上客串，有一次到台上去客串一个死人，躺在那半小时一动不动，这本身就是一种炒作，他也参加演员的谢幕，很好玩。契诃夫，还有高尔基，在当时的戏剧界都是举足轻重的，还有雨果，他的《欧那尼》上演简直不得了。人们议论的首先也是他。

余：是啊，契诃夫到剧院去一趟，剧院都是如承大事，说几句话，演员都是当金言的。当年老舍去一趟北京人艺，差不多也是这种情形，当然老舍不是编剧一重身份，还是领导、社会名流，郭沫若当年的情形也类似。

叶：现在是导演中心，导演说了算，老实说，影视的好坏与编剧没有最直接的关系，尤其是电影，在商业时代，一切都变得很复杂，很无聊。电影越来越工业，我们讲导演如何独霸天下，其实导演也身不由己。他也受制于人，受制于制片商，受制于审查制度，受制于他自己的非艺术的念头，比如怎么赚钱。还有一大堆天知道什么东西，正因为如此，电影常常不是什么艺术，它只是个产品。杜拉斯原来是靠电影带动了她的小说，到了《情人》已经反过来，那时她的名气已经很大了，并不需要电影来推波助澜。她自作多情地改成电影剧本，可是导演不能接受，杜拉斯此时已不能轻易得罪，结果是付了一笔巨大数额的赔款，这钱要比买她的剧本多得多，而杜拉斯得了钱后，仍然耿耿于怀，因为钱并不能买回尊严。她后来把原来的剧本改成《北方的情人》，那实际上代表了她本人对电影的理解。

余：你喜欢电影吗？如果有机会，你会不会再尝试？

叶：我想许多作家潜意识里，都会有一些很好的电影剧本，或者说，作家都有些戏剧情结，都想试一试，而现在这个时代给作家能提供的机会越来越少。

余：电影的消费色彩越来越浓，这是当然的，电影人在很多情况下与娱乐人是一个概念，所谓电影界与娱乐界往往是重合的。大多数严肃的小说家恐怕还不愿把自己视为公众娱乐人，其实从现在看，电影还算雅的，现在一种比电影更具消费娱乐色彩的形式出现了，那就是电视，电视更——

叶：电视是更可恶的东西。

余：电视现在扮演的是过去电影扮演的角色，电影的绝大部分娱乐功能转交给电视了。

叶：对电视，我真不知道说什么好。对电影，你觉得还有一种可能，有可能做好。

余：既然是合作，势必会受到很多限制。我不知道你写电影剧本是否也像写小说一样愉快？因为从某种意义上说，那有点像命题作文了。

叶：我想是可以同样愉快的，因为限制也是一种挑战。今天有很多有利的条件，可以看到大量的盗版片，可以看到世界上的很多好电影。好电影会使作家产生强烈的试一试的欲望，在限制的前提下，一旦有机会，你必定会有跃跃欲试的冲动。我现在赌咒发誓，以后再不跟电影沾边了，但说不定哪天，我又会打自己的嘴巴。看到一部好片子，你很可能会产生一种冲动，你会觉得自己可以比它做得更好。

余：你前面说到电影对作家的诱惑之一，是它可以带来更大的名声，那么对这种轰动式的名声的渴求，是否与眼下作家的处境有关？显然，写小说的人，从事文学创作的人越来越寂寞了，文学产生轰动效应的可能性越来越小了。

叶：至少就我个人而言，关系已经不是很大。在其他场合我已谈过，作为一个写作者，我早已经明白一个作家在当今社会中的地位，寂寞其实也是一种很好的享受。我刚才说的那番话，只是表明“触电”客观上可以带来好处，但是我若写电影，并不是为这些好处，这不是说大话。我所以还想写，如果我以后还有可能写的话，只是觉得在这方面可以一试。你知道，我对写任何东西都有兴趣，因此，我不过是回应它对我的诱惑。

余：电影与小说相去很远，它的产生不是一个个人化的过程，实际上是远离所谓个人写作。

叶：有些电影也可以非常的个人化，比如伯格曼的片子。电影与小说有很多相通的地方，这种相似远远多于小说与话剧。伯格曼是一个很好的例子，我喜欢读他的剧本，他的剧本给我的印象尤其深，因为它可以像小说那样反复阅读。伯格曼的电影同时还让我想到另外一个问题，优秀的导演或者从事电影的人都应该考虑的问题，这就是优秀的东西并不是无能为力的。也许，伯格曼的电影只有伯格曼那样的大师才有可能投拍，但是它同时也说明一个道理，从事电影艺术的人不能完全被动地跟着市场走，不能要什么就制造什么。好的导演，好的编剧，他要创造出一种更好的电影，要让观众知道在好莱坞之外，电影还可以这样理解，还可以这样看，大师可以扭转一切。

余：伯格曼的例子说明了电影存在着这种可能性，成为真正的艺术的可能性，而电视基本不存在这种可能，所以有“作家电影”的说法，但没听说有“作家电视”一说。

叶：正因为这种可能，才对作家构成了诱惑。作家被电影吸引，就是奔着这可能性去的。一个小说家如果有机会写出一个伯格曼那样的电影，很可引以自慰。为此，他可以不要一文钱的稿费，关键是弄出这么个东西满足他的创造欲望。还可以举出的另一个经典的例子，是贝托鲁奇的《巴黎最后的探戈》，我很喜欢这部电影。

余：你过去对电影好像并没有表现出多大的兴趣。

叶：过去没有盗版VCD，没有盗版就看不到好片子。要看就只能看电影剧本，剧本我过去看过不少。

余：自从有了VCD，你看了不少片子。我们不止一次说起的《美国往事》是一部，还有什么？

叶：《黑色通缉令》，它的结构我很喜欢，而这结构也是典型的小说结构。

余：你看电影大约常常自觉不自觉地以小说家的眼光去看。

叶：《黑色通缉令》很有意思，我觉得它就是一本书，就是一本书的阅读方式。通常的阅读方式总是从第一页开始，这本书的却是随手打开，它意味着一种不经意的阅读，是从中间开始的。它反映了人生很真实的一面，事实上，我们拿到一本书，往往也不是从头开始，而是翻到哪里就看下去。这就要求你书中每一部分都吸引人。你也许会从第六页开始，看到第十页，突然会想第四页第五页是怎么回事，你也可能一下跳到第五十页，甚至一下跳到结尾。这是博尔赫斯的强项，像《沙之书》，像《交叉小径的花园》。

余：不过《黑色通缉令》应算特例，因为这些东西在通俗电影里是少有的。那里面的叙述与我们过去所说的倒叙、插叙是两回事。

叶：完全两回事，倒叙是很传统的。

余：在倒叙中其实原先的结构并没有被破坏，时序还在那里。

叶：倒叙其实还是一种方式，而《黑色通缉令》告诉你有几种可能的方式。

余：《黑色通缉令》让你感兴趣的是叙事，《美国往事》则是另外一个类型了。

叶：《美国往事》实际上是一种温馨回忆，“往事”二字是很重要的。

余：“往事”是电影中的一个调子，而且这种调子是笼罩全片，是贯穿的。

叶：温馨回忆可以构成艺术很重要的内容。回忆是很散漫的，《美国往事》也是很散漫。与这散漫相关的，是这部电影的杂，这也是我作为一个小说家特别关心的。这里面有各种成分，黑帮片、爱情片，情、义、侠，都在里面了，还有暴力。

余：可以说好莱坞的各种噱头，各种要素都搅拌进去了。

叶：它体现出一种智者的处理，是有智慧的人玩了一把。说穿了，高招就在于化腐朽为神奇。一大堆乱七八糟的东西，编导就有本事让它们捏到一起，而且变得非常棒。

余：我觉得所以能化腐朽为神奇，与“回忆”二字有绝大关系——

叶：有关系。这又回到普希金诗句，“过去的一切都将变为亲切的回忆”，在回忆中，丑都有它的魅力。回忆中一切都是美好的。

余：还可以成为卖点，像暴力色情之类，都浸在回忆之流当中了，不再像通常好莱坞片中那种低俗的表现。

叶：据说《美国往事》票房非常糟糕，王小波的一篇文章中提到过这事。这很奇怪，我觉得如果在大陆放的话，会有很好的票房。

余：是吗，你这么看？我想不通《美国往事》在美国的票房怎么会不好，反过来，在大陆放票房肯定是上不去的，至少是电影院里的观众，口味还定在《泰坦尼克号》《龙卷风》上面，至多加上《拯救大兵瑞恩》，那主要也是因为“声光电化”的作用。《美国往事》的中国版（姑且这么说吧）《阳光灿烂的日子》倒是很受欢迎，原因说起来就复杂了。不过我可以断言《美国往事》在这边不会有多大市场。

叶：不去争辩它了。据说美国有两部好片子，都是票房不好的，一部是《赤色分子》，一部就是《美国往事》。反正上面提到的那些片子，像伯格曼的，还有《巴黎最后的探戈》，等等，票房都不会好。

余：这说明我们刚才说的那种“可能性”与电影工业恰恰是背道而驰的。作家奔这样的“可能性”而去，真有点背时，尽管如此，作家真正想写的，还是这样的电影。这样的态度，其实与他们拒绝写仅仅是取悦读者的小说是一样的。

叶：作家并不甘心，他总在想，电影应该怎么样，可能会怎么样。

有道是“不如意事常八九，可对人言无二三”，“触电”的经历于叶兆言恐怕就是这“八九”“二三”。最令他不快的当然是与陈凯歌的那次合作，不过“吃苍蝇”的感觉如何对人言？同样的事情放在别人身上，也许会弄到经官动府打官司，至少也会在媒体上有一番热闹——以我之见倒不妨这么做，不谈保护合法权益之类，总可以给不尊重人者一点教训——但叶兆言在好的坏的意义上都不属“好事者”，他的处世态度毋宁说有几分犬儒主义——“多一事不如少一事”。在公开场合，他不愿臧否人物，或者是只“臧”不“否”（虽说私下议论起来，他的眼光也够“毒”的），这是他的敦厚处，不知是否与家风有关。此外，我看他也是个要面子的人，“吃苍蝇”之事抖落出来，恐怕他觉得于人于己都没面子。所以他的“冤情”一直未见公开披露过，这一次是谈到电影，不由他不想起前情，而且虽说要出书，却毕竟是朋友间的谈话，与面对媒体记者又自不同，他也就吐一吐胸中“积郁”。的确称得上是“积郁”，事情已经过去很久了，叶兆言言谈间还很是激动。也只是激动一阵而已，我倒还想听听其中曲折，他大约是一边说一边就觉得无聊，有不洁之感，且有泄“私愤”、爆“黑幕”的嫌疑，很快就转而大谈电影的可能性，大谈他喜欢的电影。显然，那是更轻松、愉快的话题。

二〇〇〇年六月二十日

作家有时越写脾气越大，越写越理直气壮地有许多坏脾气

余：搬了新家，电脑终于是鸟枪换炮了。我记得你在电脑写作上算是得风气之先的，早就用了，但人家不知升级换代多少回了，你还是“二八六”都不到的水平。一直不换，是念旧，还是担心换了会有不适反应？

叶：两个因素都有。我害怕换了电脑，会写不出东西来，事实上也是换了之后，还真不能适应，我的反应还非常明显。换电脑是件很糟糕的事情，我这个人常有不好的预感，所以一直拖着不换，很重要的原因就是预感到从旧到新的过渡很可怕，事实证明。有趣的是，从纸笔到电脑这么大的过渡，倒没有什么障碍。十一年前买电脑时，回来很快学会“五笔”，几天过后就用电脑写东西了，适应速度之快之顺，只能说明我与电脑有缘。

余：真是怪。很多人都是从笔到电脑这个坎难过，对了屏幕，脑子里一片空白。你好像没有这个阶段。倒是由旧换新，同质的东西，你反而过不去了。

叶：现在想想也有点荒诞，也许是心理暗示。买第一台电脑前，已有足够的心理准备，我无端地觉得这玩意儿好，它像一个好女孩一样吸引住了我。我写作有很多坏毛病，这些毛病在用电脑后，一下都消失了。我对稿纸很挑剔，喜欢稿件清清爽爽，明明是修改了，又特别在乎留下修改的痕迹。此外，打印出来的文字质感完全不一样，我想你也会有这样的感觉，有时写了一个并不怎么样的文章，变成铅字以后你会觉得还说得过去。

余：整整齐齐，正式了，像回事了，总之是很有形式感罢。

叶：有段时候我就像电脑公司的媒子一样，逢人便说电脑如何好。可是，这次换新电脑的感觉就完全不同。

余：那台旧电脑用了很长很长时间，你也早就动过念头要换了，不知听你说了多少回，就是没下手，是不是莫名其妙的预感在作祟？

叶：最初更多是情感因素。倒不是担心新电脑不好使，而是旧电脑用了这么多年，劳苦功高，难以割舍。我的绝大多数作品都是用它写出来的，占总量的百分之八十，而且到现在也可以用。真的有些不忍心，我不是喜新厌旧的人，想到换的原因也很简单，它毕竟太老了，已经没有配件可换，现在电脑公司的小伙子甚至都没听说过它。它恐怕真是独步天下，一旦出了问题，无药可救。就像一颗定时炸弹，随时可能会爆炸。

余：新电脑已经换了不少时间，是不是已经找到感觉？

叶：还是不行。过去每天一千字是有保障的，现在不行了，写得非常慢，而且不顺，工作效率大为降低。平均下来一个月只有一万字，可能都到不了。这样的低迷状态是创作十几年来从未有过的。

余：你把原因都归于对新环境的不适？你最近写的都是"大"散文，而且像《周氏兄弟》这一类的，需要翻阅很多资料，写作速度的放慢会不会是因为文体不同的缘故？

叶：我觉得与此无关，根据我的习惯，写散文一向很轻松。写小说，你是在写一个故事，它是在不断变化的，而且你还在追求一种形式感或者别的思考和想法。而且写小说时，我总是控制节奏，写得顺利的时候，或是写到了高潮，我会有意识地中断，停下来让自己冷却一下。

余：这倒有意思。我们且放下刚才的话不表罢。很多搞写作的人都有一些秘诀，也许是只对个人有效的招数，实际上也就是一些个人习惯。你刚才说你写小说往往是到高潮时有意停下来——

叶：是啊，撒泡尿，点根烟，做些莫名其妙的事。

余：你能说出这么做的理由吗？高潮正是兴会淋漓处，乘兴写去岂不痛快，为何要歇手呢？

叶：我有种感觉，人在很激动很冲动的情况下，会收不住笔。过去的小说有“且听下回分解”的法子，那是吊读者的胃口，我这么做，某种意义上可以说是吊吊自己的胃口。因为写到高潮，有时你完全进去了之后，你会噼里啪啦往下写，弄不好也就写糊涂了。我不知道，自己的这一招是不是有些类于布莱希特说的“间离效果”。反正写小说最好还是有一些客观，我希望自己一方面要进入，一方面又不要太进入，这是我追求或者说是我喜欢的一种效果。有人说我的小说有一种别样的风格，分析原因就是……

余：反高潮？

叶：反高潮。到了高潮就不往下说了，乘胜追击是读者的事，再好的话也不能多说，要有节制。这可能与我的写作习惯有一定的关系，紧接着刚才的话题，小说写作通常是一种等待，我老在那儿等待，想等出最好的句子，最好的构思，最好的处理方式，所以我的速度基本上控制在每天一千字左右，想多也可以，但是如果一天有挺不错的一千字，已经可以心满意足，人可别太贪心。写小说应该从容一些，对我来说这么做，从容也有某种表演的性质，要知道，等待是很甜蜜的。

随笔则不同，想怎么写就怎么写，我现在给《收获》写的文章就属于这一类，随笔有一种随意，毕竟是我在玩票，用不着太当回事。记得萨特讲过，他写哲学著作比小说快，我完全相信。写随笔真是不大考虑形式问题，想写什么，下笔之前基本上已经通篇想好。写随笔与写小说最大的不同，在于写小说你不知道你会怎么写，故事会怎么发展，而写随笔你大体上已是了然于胸。所以写随笔，像给《小说家》的那种，一篇三千字，状态好的时候，我花半天时间就可以完稿。我懒得为查资料花时间，我的材料和掌故功夫都是无心积累的，或者是因为阅读量的关系，或者因为受过的专业训练，写人物闲话这一类的文章，对我来说，实在是太轻松。可是换了新电脑以后，即使是写最轻松的文章，也不行了，我一下子变得江郎才尽。

余：刚才说到你写小说的过程，写着前面不知道后面，有点难以预料，有点神秘的味道。事实上不是每个作家都如此。有些作家动笔之前会有详细的大纲，会对人物情节有相当周密的设想。你好像没有类似的东西，你没有这样的习惯？

叶：没有这样的习惯，从来没有提纲，当然这是指过去。现在有点狼狈了，为什么狼狈呢？因为过去写小说只要有个想法就行，一旦开始写了，就义无反顾地向前挺进。即使有点小提纲，一部长篇有一张小纸片也就足够。也许根本就算不上什么提纲，只是人名篇名之类。这两年有点小变化，写长篇时想到后面会有什么小细节，会记下一两句做个提示。过去绝对用不着，写到那儿，很自然地就会冒出来。现在不记下就会忘掉，这是潜在记忆力的衰退。我觉得写作的记忆是一种潜在的记忆，说不清道不明，所谓写作，不过是你以为你可能会这么写。

余：你刚才讲到等待，我有个印象，你写一篇小说，篇名好像特别讲究。一篇小说，如果有了一个比较合适比较得意的篇名，写起来就很顺，比较自如，篇名也是你的等待的一部分吗？

叶：这事情很荒唐，我自己也说不明白。不过作品的命名对我的确很重要，"名不正，则言不顺"，此话不假。对我来说，篇名不是等待的结果，而是意味着等待的开始，没有一个好名字，我就不知道该开始。脑子里面常有一堆小说名字放在那儿，我知道这些小说迟早要写，很多情况下我不知道这小说要写什么，但是如果有个好名字，迟早都会写。在名字上我还有些莫名其妙，有些名字我知道可以容纳一个长篇，有的名字就是个中篇，有些则是短篇的名字。比如说当年写《艳歌》，我就觉得“艳歌”二字可以写成一个很不错的中篇。说到个人习惯的话，我常对一部作品的好坏没有把握，没有感觉，因为任何一个搞写作的人都是如此，写之前以为出来的必是个好东西，而实际结果都是失败。我想这一点是毫无疑问的，写作就是不断地面对失败。我在好几篇文章里都说起过，写作这玩意儿是很怪的，写之前你总是过高地估计自己，写完之后你始终不能忘记的，就是并没有达到你的预期。写好了很正常，因为你抱着写好的期望，所以真写好你不会在乎，而没有写好没有完成预期的地方，你总是耿耿于怀。你总还记得我第一个长篇校样出来时的恐惧，我跑到你那里，像闯了大祸犯了什么不可饶恕的错误一样。

余：还回到刚才小说命名的话题，你过去跟我谈你的小说构思谈得很多，时常有这种情形，突然得到了一个篇名你很得意，比如“采红菱”，小说还没完整构思出来，篇名就让你很兴奋。似乎一个好的篇名就可以把你调动起来，这似乎能给你某种暗示，定一个调子，提示一种氛围，总之是从这里好像可以找到小说的一个入口。

叶：比如我常跟你说过的那个“没有玻璃的花房”。这究竟是一个什么样的小说，现在还不敢讲，我只能说它有童年的经历，有童年的时代的背景，具体是个什么样的故事，到现在也说不清楚。但我坚信那会是一部还不错的小说。这小说折磨我的时间已经很长了，已经十几年，我还能感觉到它。我喜欢这个名字，这是一个很好的意象，有人也问过我，问好在什么地方。我说不出来，也许它不能让别人兴奋，但它的确让我兴奋。你来之前我还在想这小说，想到了一个细节，那个细节也许会变成一个大的东西，变成很重要的一个情节。

余：上次你跟我说到的是“没有玻璃的花房”肯定与回忆有关，你刚才又说篇名甚至能提示你小说的长度、规模，那据你想“花房”应该是多大容量呢?

叶：应该是个小长篇，十二万字左右罢。

余：我注意到你老是提到字数，好像东西还没出来，字数已在控制之中。

叶：对于写作我最有把握的就是字数了。不论是长篇，还是千字文，我的估计基本上是不会错的。我想以后的研究者会发现，我的千字文就像是用模板做出来的。在老式电脑上，有一个字节数是经常出现的，就是2048，2048个字节相当于一千个汉字，因为两个字节算一个汉字，除去标题、作者名、落款，差不多正好。这样的小文章不是一两篇，有很多篇，我自己都觉得荒唐。告诉你，我若是想写一万字的短篇，三万字的中篇，误差大约不会超过两百字。

余：我觉得这有点奇了。要给我规定个字数，写出来不是长就是短，最后交卷能与要求相符，总是后来增删的结果。你这里说的肯定是一挥而就，真不知是怎么做到的。

叶：这是写作观念的问题。写作本来就是可长可短的，有话则长，无话则短，只是一般规律。事实上，无话也可以长，有话也可以短，关键在于如何控制。

余：可是到了某个字数，意思还没完，那怎么办？是不是到那时候意思也就完了？

叶：我也不知道怎么回事，也许已经习惯这样，不能完，你也可以让它强行中断，就像足球赛，时间到了，就得停，你得遵守规则。谁要让我开专栏，字数上不用操心，只要告诉我要多少字就行了。

余：这真是说不清了。还说你的写作习惯罢，我印象中你写作时的怪毛病不少。比如说对写作环境的要求，你总要在一个比较封闭的地方才写得了。如果我记的不错，在很长一段时间里面，对你而言，写作和找房子是联系在一起的。

叶：很长时间内，我就像只要下蛋的母鸡，急着找个地方把蛋下下来。写作就像是下蛋，下蛋得有个窝。记忆最深给我伤害最大的，就是很长一段时间里没有一个地方能让我安安心心写东西。我总是很狼狈地到处借房子，你知道的就有好多个点，还有一些是你不知道的。对于我来说，这种事是不断重复的。好不容易借到一个地方，然后逐渐适应，带上“热得快”，带上录音机，要让我进入正常写作状态很简单，有水，水就像汽油一样，没有茶水我无法工作，有音乐，古典音乐流行音乐都可以，再加上没有人打扰，我就能写，就能源源不断地写下去。

没有人打扰这一条老是做不到，家里的房子太小，就一间，有老婆有小孩，所以只能四处借房子，因为你不可能长久地借住一处房子，所以老是不停地借，不停地换。有的房子是主人刚拿到钥匙的，暂时不想住进去，有的是刚搬走还没把钥匙交出去，反正主人赖一天是一天，我也就混一天是一天。

余：安静、封闭的环境，也许凡写作的人都是必不可少的。我有点奇怪的是你这次搬了新家以后，不把写作的处所安排在书房里，倒把桌子放在客厅中央，这是“公共空间”，去“封闭”二字太远，你不是找打扰吗?

叶：我拿到新房子钥匙，首先想到的，是我生活中最重要的事情就是写作，当然要把家里最好的一块地方留给写作。很多人看了我的房子以后都感到不可理解，怎么在最显眼的地方放了写字台和电脑。其实对我而言，只要家里来了一个人，任何房间都不再是封闭的了，不管我在哪也写不了。一旦有人到你家里，你就无处可躲了。

余：说到封闭环境，我想到前几天在报上看到的一则消息：有老板出钱，把作家请到大宾馆、度假村别墅之类的地方，封闭一段时间，让他们安心写作。像这样的情况，你能否写？

叶：绝对写不下去。换个地方我就写不了，我写东西到一个地方一定要熬，熬，熬了那么多天以后才能进入状态。冷不丁让我到个什么地方，没有十天八天的适应期，我肯定干不成。

余：很多作家都有一些个人习惯。像海明威非要站着写，名人轶事之类的书上这样的例子太多了。实际上这些习惯对写作的人能起什么作用？也许就是个习惯。

叶：就是习惯。有时候它是某种暗示，有心理暗示的一面，当然，也有作家故意纵容的一面。

余：你说的故意纵容做何解？

叶：故意纵容我觉得有两种情况。比如说抽烟，拿我自己做例子，我对抽烟实际上没感觉，苏童一提到我抽烟就当笑话讲，他觉得我抽烟是对烟民的一种讽刺。我的烟龄很长，但烟的好坏基本上辨不出来。所有写作的人都有点贪得无厌，为了能写得好，他总希望一切可能对写作有用的东西都利用上。抽烟对我来说也是这样，对我来说它更多是个仪式，我只是觉得它可能会对我有所帮助，事实上很可能一点用没有，但仅仅是一点可能性你就会抓住不放。可能有所帮助，这对你的心理暗示非常巨大，比如多喝水，比如不能被人打扰。实际上排除干扰也是一种能力，写作一方面让你如痴如醉，一方面会让你产生一种很强烈的逃避心理，一旦被打扰，你就会觉得自己状态不行了，就会找到一个借口，趁机逃避。所以一方面就像跑百米一样，你希望保持最好的状态，一方面，如果来了个人，你想现在干活已不在最佳状态了，还写它干什么？

余：好多习惯或是心理暗示，的确就是一种仪式，不管实际上起不起作用，写作的人大都是“宁可信其有，不可信其无”，愿意相信它是起作用的。有时也就是这种宁信其有的态度，似乎使仪式真的有那么点作用了。

叶：这里面不乏神神鬼鬼的成分。

余：你属于这一类的“仪式”似乎不在少数。现在当然是不存在这样的问题了，过去在纸笔阶段的时候，写起来是认纸、认笔的吧？

叶：的确很可笑。有一种纸，我觉得用它写小说很顺，就藏了一大堆，数量之多，不知够写多少部长篇。那时用的笔是自己加工过的，笔头子特别粗，写出字来方头方脑，写的时候就认它，这支笔不在身边就写不好。这次换新电脑唯一的好处，是用旧电脑时的一个坏毛病改掉了。过去我用的软件有这种缺点，换行时标点符号会出现在行首，我怎么也不能容忍这一点，于是，老是为了消灭排在一行之前的标点符号不停地删字。我写东西喜欢大段大段，文章段落很长，要是删的字在后面还好，删一个是一个，在前面的话就麻烦了，因为它一删，后面的问题就会一个接一个出来。你不得不把整整一段从头到尾理一遍，不理好就无法继续下去，这花去了我很多时间。

余：你实际上也明白，这没什么大不了。

叶：显然不是问题，它们对排版没有任何影响，这就是一种习惯，这种习惯顽固到不可理喻的地步。

余：用你前面的话，这就有点纵容的意思，纵容自己的坏毛病，也可以叫"自宠"吧。

叶：作家有时越写脾气越大，越写越理直气壮。这并不是由于成功造成的，而是因为干了这么多年，习惯了，习惯就是习惯，它常常是用错误来证明自己没错，用没道理来证明自己有道理。

余：你的习惯在我看来，还有一些即兴成分，你自己是否这么看？

叶：的确如此，不仅即兴，还可能有些神经质，这也是我实际写作速度不快的一个重要原因。很多人都说我是多产作家，说我高产，真是误会了。我不过是能坚持不断，天天写一点罢了，而实际的效率并不高。或许正因为效率不高，只能以勤补拙，过去有句老话叫“不怕慢，就怕站”，写作说白了，还是一种日积月累。

余：按你前面说的那种速度，每天千字，多也就一千多罢，实在不能算快。文坛上一天几千字的大有人在。

叶：一天几千字对我来说是极难得的。我成专业作家已经十年，大约每年能写三十万字，除了逢年过节，我的写作基本上都没有中断。即使是碰上世界杯，碰上眼下正如火如荼进行的欧洲杯，虽然会有些影响，我仍然会天天写，只要在家。

余：有的作家写作速度惊人。我记得法国的司汤达他那部《巴马修道院》只写了六个多星期。那部书总有四十万字。

叶：快的人太多了，巴尔扎克比他还快，好像有一个记载，《高老头》的草稿只用了六天时间。

余：像巴尔扎克、司汤达那样的写作速度对你是不可想象的吧。

叶：不可想象。聊以自慰的是，可能因为写得慢，我的写作可以没有停顿。

余：可以不停地写下去？

叶：我的写作不要停顿，写完一篇接着就可以写下一篇。中间不需要休整期。而且在一个长篇完成之后，反而会写得更快，这时候会出现一些奇迹，要是写千字文的话，往往一个小时就好了，而且挥洒自如。在一个长篇写完以后的几天，我所谓的调整就是每天写一两篇千字文。

余：那还是有个调整期，只不过你的调整方式特别。你会结束一个长篇后三五天就开始另一个长篇吗？显然不会，你只是笔不停而已。刚才说你写作时，即兴创作的东西比较多，所谓即兴，当然是指一些没有预料到的东西在写的过程中冒出来了，这与你刚才讲的那样一种写作速度好像是矛盾的。你的写作是匀速前进，而即兴的成分，若用心电图表示出来，那曲线应该是忽高忽低，是变速运动。

叶：即兴创作并不是说像演戏一样，随心所欲，想怎么表演就怎么表演。它只是一种状态，比如说，上半句写完后怎么写下半句，有好几种写法，怎么才能写出最好的下半句。这时就只有耐心等待，这等待里包含着某种期望值，你觉得现在写下去似乎不够好，于是就不敢写。你很可能只是白白等待，等了十多分钟以后，可能还是原来的，你写下来的还是原来的那句话。这过去的十多分钟，你处在一种无聊的不能自控中间，你等待着更好，常常没有结果，但是你还得等——

余：——总是心有不甘。

叶：有时确实等到了好东西。一个人的大脑不会一直处于兴奋状态，不会总是源源不断地冒出什么绝妙念头，等待是必须的。比如说，我今天写到某个人，脑子里早已想好了，我知道他会干什么，但就是不往下写。刚才讲的是一个句子的等待，同样的情形也表现在其他方面，比如一个场面，一个情节，我已经想好了，但不是顺着笔往下写，我会停住，停下来的原因是预感到可能会有一种更好的写法。等待包括两个意思，一个是等待替换，希望来一个更好的，一个是无中生有，希望天上掉下馅饼来。我想更多的时候是等待替换，当然，我也经常等待馅饼。

余：你的工作日程表里可真是看不出什么即兴的成分。你的写作很有规律，可以说是按部就班。比如说每天何时开始写，写到什么时候就一定搁笔。

叶：每天什么时候开始什么时候结束，都是预定的。用大白话说，写作就是每天必须写多少时间写多少字。也很奇怪，基本上，预定的字数到了，时间也就到了。我关心这些甚至远远超过关心写得好不好，我并不太在意写得好不好。

余：关键是字数要够，时间要写到，听起来像上下班，你有你自己的上下班时间。

叶：我是在家上班。

余：很多人写作状态是无序的，比如到半夜才写，非要是夜猫子状态才兴奋。你的写作都是在“光天化日”之下，有点“日出而作，日落而息”的味道。

叶：在这点上，我跟工人农民没有两样。晚上熬通宵对我来说是不可能的，我会老惦记着没时间了，茫茫黑夜充满了恐惧，而早晨开始写，你会觉得一天刚开始，时间充足，前途光明，只管往下写好了。

按照一般访谈录的格式，似乎早该对谈话的地点做一交代。在大学做同学时，我们海地湖天的乱侃往往是在户外，碰到考试复习就更是如此。每每选择一个有山有水的所在，一壶茶，一盒烟，信马由缰，海阔天空。所以我对考试的记忆常与中山陵踏雪，玄武湖漫步，九华山品茗之类连在一起。听起来是颇风雅了，其实苦不堪言，因为有考试压在那里。我们的话题通常是从对考试肆无忌惮的攻击开始，而后旁逸斜出，宇宙之大，苍蝇之微，无所不谈，最后才是回过头来垂头丧气地背书。那时都没房子，都无家无室，而且都有闲，当然就尽往外面跑。这一次叶兆言原也提议有时不妨到外面去谈，也算是昔日情境的重温。可后来还是作罢，因为担心录音效果不好。结果是我“移樽就教”，谈话都在他家里进行。“移樽”的好处是“樽中酒不空”，每次都是谈到当间喝几杯酒，蹭一顿晚饭。

叶兆言对他的新居颇为得意，封闭阳台即属得意之笔。这里齐着窗户做了一圈柜子，端两把椅子凭案而谈，颇有坐在吧台上聊天的意思，几面来风，凉意习习，楼下传来放学归家的孩子的喧嚷声并不让人心烦，倒很有几分温馨惬意。这一回的话题在叶兆言的新居里谈最合适不过，因为随处可见他“坏脾气”的痕迹。他的“坏脾气”也唯在家里才有最充分的表演。从我落座的地方望去，最触目者莫过于客厅里整整两面墙的书橱和居中放着的一张电脑桌，对“公共空间”的挤占足以显示叶兆言在写作名义（不光对他自己，即使在家人，他似乎也觉得那应该是“绝对命令”了）下的霸道。其实新居里已有他一间书房，他尽可在那里写他的小说，但他偏要占据中央，就像占领“制高点”。撇开实际的考虑不谈，这样的安排多少有点象征意味，令人怀疑这是否也是他的写作仪式的一部分。

二〇〇〇年七月八日

我经常感觉到自己很无聊，很平庸，枯燥无味，整个是架写作机器

余：前面我们就文学的话题谈了不少，是不是再谈谈别的话题？写作的人也有好多面——写作的人又不是写作机器，虽然你有时喜欢戏称自己是“写作机器”，那也是自我调侃而已。我印象里你读大学，特别是读本科时与现在不大一样，现在你在有些人眼中是一个勤奋的作家，在大学班上却是没人把你看成勤奋的学生。你的小有名气倒是因为爱玩，会玩，不是说像纨绔子弟，但会享受是真的。我就是现成的证人嘛，说对吃喝玩乐充满激情有些夸张，有不小的兴趣可是千真万确。

叶：动不动就喝酒，一喝就醉。

余：喝酒就不要提了，出的洋相太多。我对“烂醉如泥”的直观认识就是从你身上来的，我们班上醉过酒的人恐怕过了半

数，最严重的要算你在留学生宿舍的那一次，整个是人事不知。我们那时花在读书上的时间不少，不过确实也爱玩会玩，大学同学对你的印象也不能算全错。

叶： 读书的时候是老想着玩。不说老想着“吃喝”，想着“玩乐”是无疑的。我印象很深的是我们一起骑自行车溜出去旅游，当时都快毕业，大家都在为自己的工作操心，只有我们，心里还惦记着溜出去玩。我真是很喜欢当时境界，天塌下来也无所谓，要去什么地方隐约是知道的，但是怎么样到达，什么时候到达，那就不清楚了，也不想明白。那时候的玩与我今天的写作经验很像，到哪算哪。

余： 跟着感觉走，更多一些即兴的成分。

叶： 对我们来说，当时最大的享受就是骑了一百多公里，到达一个古色古香的小县城，找家小旅馆住下，能洗个澡最好，然后换上拖鞋出去，大街小巷乱转，找个小酒馆吃个饱。那种感觉现在回想起来都觉得温馨，每天一百多公里下来，一点不累，到杭州是三百多公里，花两天时间，轻轻松松地就到了。

余： 两天三百多公里好像还不是最佳境界，印象最深的是往千岛湖去的道上，一路过去，一个个小县城小镇子转过来，优哉游哉，与现在的所谓旅游完全是两个概念。

叶：记忆犹新的是一时兴起，莫名其妙地找了一户人家，莫名其妙地就把车子丢在女主人那里，而后顺着富春江坐船往上游走，去哪里，仍然没想明白。现在想想很荒唐，那时的人与今天的人的确很不一样，我们不一样，社会也不一样。那是个值得怀念的时代，所有的事情都充满了青春气息，两个逃学的大学生，从学校里偷偷地逃了出去，一路逃之夭夭。

余：那些令人难忘的江南小城再也不复存在，记得我们到了富春江边，被美丽的绿水青山惊呆了，突然决定改走水路，于是扔下自行车，穿着拖鞋坐在小火轮的船头，迎风而上。

叶：自从写东西，尤其是成了专业作家以后，自己生活中有趣的一面，变得越来越少。喝酒喝到四个小时失去知觉，这样的事再没有了，也真心不想这样了。想当年，我老是喝醉酒，现在我已经变得很慎重，而且多少年没有过醉酒的记录了，因此很多人认定我从来没喝醉过。

余：那是因为他们没见过你出的洋相。

叶：我现在确实是不能喝。

余：是啊，现在来找你，喝酒已经不能成为一个理由，尤其是想要喝得尽兴，只有找别人，找你是不行了，你没那量，也没那个胆。想当年，从白酒到黄酒，从葡萄酒到啤酒，除了汽水你没醉过，喝什么都能让你醉，让你呕吐不止，但吐归吐，醉归醉，还是喝，因为你一度还是喜欢喝喜欢醉。现在倒好，虽然不是滴酒不沾，真是节制得可以。我想，不至于是因为一醉酒，几千字就没有了吧？

叶：那倒不至于，没那么严重。不过写作真可以改变人，它可以让人放弃很多。我觉得我过去并不是一个很节制的人，写作会使得性格中的很多东西完全凸现出来，比如说，有很多人觉得我很内向，其实我真正开始写作以前，未必就这么内向。

余：反正读大学时，大家对你的印象可以深浅不一，但我想十个同学中有九个不会留下这样的印象，说叶兆言这个人很内向。

叶：自从写作以后，这种倾向确实越来越明显，我觉得自己也在有意识地使自己更内向、更封闭。我在出版社待过一段时间，记得那时候还会找点乐子，出版社编书很枯燥，我不说每天，至少是隔一天就会和一同事聊聊吃，美其名曰“精神会餐”，谈古人怎么吃，现在的人怎么吃，什么菜好吃，怎么吃才叫会吃呀，诸如此类。现在，这种事对我越来越不可能了。老实说，我现在的生活态度变得很无趣。怎么叫很无趣呢？我觉得现在已经没有什么事情是非要不可的。小时候这种情绪很强烈，好电影一定要看，好书一定要把它找到，一定要如何如何，非如此不可。

现在我已经很无所谓了，生活中好东西很多，没有什么一定，好像一下悟出一个道理，对什么都无所谓，没有“大是大非”，对于我已经没什么“一定”了。

余：对写作也能取这种姿态吗？

叶：写作已经成为习惯了。我感觉到写作以外的东西，都无所谓，真是都无所谓。所以有时候我也问自己，怎么会变成这么个活宝。

余：说起来过去还真不是这样。你过去吃喝玩乐都有兴致。就说吃吧，那兴趣就还不光是理论上的。那回去千岛湖，还记得吧，中途到了个小镇，就是新安江和两条水的交汇处，叫什么来着——

叶：梅城。

余：对。我们到那儿吃饭的时间已过，一家小饭馆里空空的，只有个老头坐在门口闲着，就是大师傅了。我们要了两碗面条，那大师傅不单一碗一碗地下，还分开来一碗一碗专门炒浇头。吃了之后，一路回去你都在对那面条津津乐道。

叶：因为这件事给我留下很深的印象。谁的面条先到记不清了，反正两碗面条隔了很长时间，先来的已吃完，后面那碗面条还没做好。老师傅花了很长的过程做这两碗面条，绝对是精工细做。

余：用现在的眼光看，实在是没有经济头脑，这样做生意，哪来效益？放在现在大城市里的吃客，恐怕也早就不耐烦了，没人会欣赏他的手艺。

叶：碰到我们是他的幸运，因为我们赞不绝口，碰到他也是我们的幸运，因为我们吃了终生难忘。

余：还有一次，有个小饭馆在水边上，就是富春江边，叫什么的？

叶：号称“三江楼”。

余：对，我们在那儿要了几样菜，很便宜，也很讲究，又点了酒，吃着喝着，有个邻桌的老头，可能是老食客了，走过来，在我们身边坐下，看着我们的菜，直点头，连声说会吃会吃。

叶：大学时代这样值得回味的事情很多。那次出去采风，我们根本没选民间文学课，只是为了出去玩，也跟了选课的人一起去了。那几天是天天喝酒，当地有一种很便宜的葡萄酒，太淡了，很难达到微醺状态，于是就去买一点土烧酒兑在一起喝，那酒其实很难喝。

余：难喝也不能不喝。那时候出去似乎总离不开酒，读研究生时去绍兴，顿顿半斤多黄酒，零拷的那种加饭酒，很便宜。

叶：不光是顿顿喝，离开的时候，军用水壶里装的都是酒。

余：好了，不说酒了，现在你喝酒的武功是废掉了。

叶：不光喝酒的功夫废掉了，情趣也废掉了。现在想起来，像是另外一个人干的事。因为写作，我性格中的这一面，已经逐渐没有了，像水从沙子里面流过，水分都蒸发了。

余：今年的春节联欢会，中央电视台有档节目，很认真地要邀什么南北名嘴来侃侃吃，他们选中了你，你是不是觉得很意外？

叶：我也不明白为什么会选到我。我觉得非常可笑，首先，我是坚决不上电视的，其次，他们找了一个对吃其实一窍不通的人，我可不是什么美食家。

余：是啊，听你讲了这事我也想发笑：这个人对吃早就没兴趣了，怎么偏偏会找上他？

叶：对于吃，我恐怕只剩下了回忆。也许，是因为我写过谈吃的文章，这方面，我多少还有点“童子功”。

余：所谓美食家，往往也是功夫在诗外，不光是吃本身，吃的行为，还有玩的成分，实际上是玩吃，是关于吃的想象。

叶：对我来说，吃已经不是什么重要的事了。

余：吃对你不重要，穿对你是更不重要了。

叶：前面已经说了，现在自己想想都觉很无聊，好像已没什么重要的事情。吃呀，玩呀，这都能算什么？过去玩是重要的，什么地方没去过，一定要去，还真能上瘾。不说别的，就说游泳吧，那时候为了游泳，能一连多少天骑车到郊外去，来回几十里，真是难以想象。

余：现在游泳还算是你的保留项目，你不是买了年票，几乎天天都去游泳馆吗？

叶：也只是游游而已。

余：与“瘾”这个字恐怕已经没有任何瓜葛，只是锻炼身体，是“必修课”的性质，对不对？

叶：仅仅是锻炼，没有什么乐趣可言。现在去游泳馆，已经不是喜欢游泳，而是觉得写作那么艰苦，必须要锻炼。凡事一有着非常强的功利心就俗不可耐，所以我现在对游泳也有一种厌恶感，因为简直就像是例行公事。搬到新家之后，我的业余活动就剩下游泳了，原来家住得靠近玄武湖，还可以天天去玄武湖散步一小时。

余：玄武湖散步听起来倒是很有闲情逸致。

叶：玄武湖散步的确让我很愉快。这一小时里，我的大脑能得到充分的休息，这期间可以什么都不想。什么都不想是一种境界，在一个很好的环境里走一小时，这是一种很好的修身养性。游泳不同，尤其是在游泳馆，不比我们当年在紫霞湖，游泳馆是封闭的，机械地来来回回，真是地道的“锻炼”，一点情趣都没有。

余：再来说说家庭罢。家庭对于你似乎还蛮重要，或者说家庭生活是能够给你带来乐趣的，是否可以这么说？

叶：我已经说了，自己不能算是一个很有情调的人，要知道写作是一个很糟糕的事情，它会使人变得没有情调。作为一个丈夫，作为一个父亲，我不是很合格。我经常感觉到自己很无聊，很平庸，枯燥无味，整个是架写作机器。但是从另一个角度讲，家庭对我的重要性又是很真实的，是实实在在的。可以这么说，写作最重要的还是习惯，这几年我写得还算顺利，很重要的原因，是我有一个适合自己的写作磁场，它非常适合我，我已经习惯了这样的磁场。

余：有不少人会觉得一个家庭对写作是一种拖累，一个包袱。

叶：可能会有不同类型的人，对于我完全不存在这样的问题。

余：你觉得爱情对写作有帮助吗？

叶：也许会有。我印象很深的是自己写第一部长篇，当时还没结婚，女朋友还在苏州。在写作期间，我要求她每天给我写信，这是一种很微妙的形式，她每天来一封信，我写起来就很顺很畅。那些信说了什么并不重要，形式却很重要，每天一封信，当然不会有什么了不得的内容，但是若是有一天信没到，我的写作就会大受影响，这真是一件很怪的事。那个长篇整整写了一百天，收到的信不足一百，总也有九十封。

余：类似于信的这种“形式”，你都归到你的习惯的一部分，真是有点虚玄的味道。

叶：是有点神神鬼鬼。按说这是个人隐私，没必要多说。其实写东西的人有时是很迷信的，我这几年写东西一直很顺，怎么说呢，用句比较俗气又带几分迷信的话说，就是我很相信“帮夫运”的。听起来可能会有些可笑，不过我觉得那是客观存在。谈恋爱以后，我个人的经历的确很顺，这是客观的事实。爱情真的给我带来好运气，这之前，我不是个很顺的人，谈恋爱之后总的来说是顺的，这是大势。当然，家庭对我来说显得很重要，并不是说我特别看重“帮夫运”，而是这个家很和谐，我已经习惯了，习惯也可以成为一种享受。家里的一点细微的改变，都可能影响到我的写作。我跟苏童也谈过，一个和谐的家庭生活对于作家很重要，起码对于我这样的作家是如此。我不太相信作家处在动荡之中更有利于写作，因为作家其实都是很脆弱。

余：有的作家是要从动荡中汲取灵感，平安无事，灵感就没有了，至少有不少搞写作的人是这样声称的，中国的外国的都有。

叶：我有过一个很好的朋友，也是搞写作的，他曾经很认真地跟我讲过，他身边没有女人，没有新的女人，他就没法写东西。这些年来，他身边始终有新的女人，但是结果却恰恰相反。他把精力都用到这上面去了，已经很多年没见他写出什么东西，偶尔写了一点，也很一般，而他原先写得非常不错。所以我对那种艳遇的说法一直表示怀疑，写作是一件需要巨大付出的事情，写作只会剥夺你的很多享受，包括对家庭生活乐趣的享受，剥夺你做模范丈夫模范父亲的可能。它对你灵魂的摄取量非常大，你有一百分力量，它要把九十九分都拿走。

余：你的意思是，作家只能集中注意力写作，只能当苦行僧。

叶：写作就是修行。我不喜欢星期天，不喜欢节假日，不喜欢老婆小孩在家，写作时，旁人的存在对我是一种干扰，所以最好的解决办法就是让她们上班上学去。

余：是啊，上班，上学，走开，但是到时候她们又必须回来，到时候必须在那儿。

叶：对，她们得非常正常才行，不能有任何意外，任何麻烦。到什么时候才会意识到家庭的重要呢，比如说，她们回来迟了。不论是老婆迟回来，还是小孩迟回来，都会叫我惶惶不安，而且这种惶惶不安会非常过分，我会非常紧张。老婆现在有手机了，手机并不是什么好东西，我有一种预感，手机有时更会制造潜在的不安，因为有手机如果再联系不上，再迟回来，那就更紧张了。所以为了写作，一方面我希望家人不在我眼前晃悠，但是如果意识到她们真不在我身边，我又会惊惶失措。对于小孩，对于这个宝贝女儿，也是同样道理。我显然不是个合格的父亲，除了娇宠她之外，我几乎不怎么管她，学钢琴是她妈管，上了学我也没有管过，几乎不负任何责任。

余：但你念叨的很多，不管是嘴上还是笔下，你老是提到女儿，至少我是听你时常挂在嘴边。也许是必须念叨，实际上却付出不多。

叶：你跟我是老朋友，太熟悉我的这一面。比如我的认真，因为我知道自己不认真，所以我老是用表面的认真来掩饰。应该说女儿已经给宠坏了，娇宠最大的一个原因，可能还不是出于爱，还是出于一种习惯，一种惰性。

余：你刚才说你对于这个家的热乎劲，是“嘴大于行动”的“形式主义”，不过我不知多少次听你大谈女儿，老把女儿挂在嘴边，是不是女儿对你很重要？

叶：怎么讲呢？也许因为是独生子女吧，一方面我认为中国应该是独生子女制度，但是，只有一个小孩，父母的注意力便会莫名其妙地集中在这个宝贝疙瘩上，宠孩子是无数父母都免不了的。我老担心小孩会不会被自己宠坏，尽管有这种担心，我想我对小孩的宠爱仍然不会减弱。比如这次她要到美国去读一年中学，我就在担心，担心她完全变成了一个美国女孩回来。后来想想也无所谓，因为她在家差不多也已经很美国化了，甚至比美国小孩还没规矩。上次有个美国孩子来做客，我觉得那孩子很有礼貌，性格也很好。也许美国并不像我们想的那样。

余：它有它的规矩，就算是资本主义的规矩吧，总还是有的。

叶：所以女儿出去一年可能也有好处，说不定回来会更懂事，现在不说别的，她每天的被子都是我叠的。

余：真是看不出，你还有铺床叠被之责。

叶：她从来不叠被子，这样的千金小姐，你还能指望她做什么？她什么都不会，是天生的小姐，不过作为中国父母，有一点我是幸运的，起码我对她的学习不怎么操心。

余：我们看过不知多少中国父母了，从孩子上学开始，甚至还没进学校，那真叫操碎了心，至少是不知砸了多少时间在上面，叫人望而生畏。你老是把“宠”字挂在嘴边，但我印象里，你好像也没花多少时间做“家庭教师”，不说别的，我就没听说你管过女儿的作文。

叶：偶尔也管过，可是她看不上我。老实说，我也管不了她。好在她似乎还是个读书种子，学习方面不用我多操心。说来好笑，遇上她不肯好好吃饭，我的撒手锏是不让她去学校，不吃便不让上学，这一招还真奏效。按照现行的教育体制，我们做父母的或许该满意了，考中学、考高中，这次又要去美国留学，她都没让我们失望，也没让我们费心，所以应该知足。

余：你对小孩的要求，对小孩的希望似乎与一般的中国父母没有差别——

叶：没差别，没有任何差别。而且更理智，更实用，我经常跟我老婆开玩笑，说女儿如果能上大学，能有出息，对我们来说，是好事，也未必是好事。她出息了，比如说以后到欧洲到美国，回来完全变了个洋人，或者说干脆就不回来，就等于一个小孩没有了。真想明白了，对她的前途也就听其自然。

余：听其自然也要算是你们家的家风了，前面说到你爷爷、你父亲对你的态度也是听其自然。不过我不止一次地见过你父亲，印象中你父亲对你的态度，和你对女儿的态度还是有点不同。

叶：应该有点区别。在事业选择上可能是一样的，我父亲从来没有希望我当作家，我对女儿也从来不灌输以后应该搞文科当作家。作家是没有办法培养的，在这方面我绝对顺其自然，她愿干什么就干什么，我绝不会刻意培养，如果没兴趣，怎么培养也没用。她未来的选择将由她自己决定，这是毫无疑问的。但是在功课方面，虽然我不怎么操心，但是相对于我父亲对我的态度而言，要稍稍“进步”一点。起码她要考中学、高中，一方面我帮不上忙，但我会担心，怕她考不上。我父母从来没有担心过，当然那时情况不一样，没有重点中学一说，也没有大学上。不过即使后来我参加高考，他们也没有担心过，在这方面，他们是真的不着急，他们无所谓，是真的无所谓。

余：就是，我想问你的就是这个，与你父亲的洒脱相比，你似乎是儿女情长了。虽然——怎么说呢？你其实也没做什么，只能算是“干着急”吧。干着急你是会的，这是你的强项。

叶：也许我和父亲唯一的不同，只是我会干着急，而结果呢，其实是一样的。

天大热，谈话过程中叶夫人王月华不时进到“录音室”里倒水续茶或是送上西瓜之类，叶兆言的反应只好用“不识好歹”来形容：几乎每一次他都以溢于言表的不耐烦作为回报，似乎他的“思想火花”因被“打岔”随时都有熄灭的危险。“午后的岁月”尚且如此，当其端坐写作之际，对封闭状态的要求可以想见。对家庭生活中的叶兆言，除了不耐烦之外，我印象最深的是两点，一是南京人所谓“虚”，对琐细之事不住地过问、唠叨。二是毫无权威，对夫人、对女儿都是如此。叶家常见的喜剧情景是他急眉赤眼地对女儿发火，女儿的不理不睬或是高声抗辩让他越发气急败坏，结果不像是居高临下的训斥、责骂，只好称之为“拌嘴”。

此次谈话后不久，女儿叶子即离家去美国读一年书，送走叶子的第二天，他在电话中告诉我叶子登机前留下一本日记，上面是她这些天来逐日悄悄给他们写的信，连称女儿“懂事了，懂事了！”言下不胜唏嘘。从送走女儿到通电话时，他一直没睡着觉，说是在等女儿到达后报平安的电话。想来那时叶家必是愁云惨雾，比“执手相看泪眼”好不了多少。只是远隔重洋，这一回是地道的“干着急”了。

二〇〇〇年七月十五日

作家永远是单数。如果一个作家仅仅是靠和另外几个作家名字连在一起而存在，那是件很煞风景的事

余：我们的谈话中，外国作家、古代作家、现代作家谈得很多了，事实上与你更接近，或者形成更直接参照关系的，甚至可以说是对手的，是当代正在进行写作的作家。我们似乎很少谈到当代作家，是否谈论同时代的人是一种禁忌？

叶：无所谓禁忌。

余：有些写作的人，对身边的事特别关心，就像参加百米赛跑，一边跑，一边有意无意在用眼睛的余光看旁边的人已跑到什么位置；也有些人是自顾自闷头跑，不管他人，你大概接近哪种心态？

叶：从写作的角度说，我应该属于后一种，你写你的东西，管别人干什么。但是有一段时间，我还是很关心文坛，那是八十

年代中期，研究生刚毕业，在出版社当文学编辑，这种关心与职业有关。除了这一特定时间，无论读本科，还是读研究生，当代文坛基本与我无关。换句话说，我一直不太关心当代的创作，虽然我早就开始断断续续写了，这完全是孤立的行为，因为发表渠道不畅通，屡屡吃退稿，就像你知道的那样，我写的大多数东西都没办法发表，与当时的节拍也不吻合。

余：由于这个原因，你开始了长篇小说《死水》的写作。

叶：写《死水》的姿态，显然是存心与文坛有点距离。当时并没什么人写长篇，最热的还是短篇，连中篇也不多。此外我个人更感兴趣的是外国文学，与其读当代作家的作品，还不如多读点外国文学。

余：当了编辑以后，开始有意识地注意当代作家，你的印象如何？

叶：那段时间看了不少作品，对当代走红的作家开始有一些初步印象。

余：具体一些，想到谁就说谁。

叶：八十年代中期有两个作家的印象比较深，一个是阿城，一个是莫言。阿城的《棋王》给我留下非常深的印象，我喜欢阿城小说精致的那一面，或者更直接地说，就是他文字的精致，不光是小说，小说之外的文字也很精致，精致一直是我很向往的。与阿城的精致完全相反，莫言是八十年代作家中最具创造力的作家。这特别令人向往，我一直觉得小说中应该表现出这种力度。莫言的一个中篇小说《爆炸》我看了好几遍，到现在有些情节仍然记忆犹新，一个男人为了离婚，带他的老婆去打胎，写得很奇妙。还有《欢乐》也很不错，不管是用词还是其他，非常放松，极度放松。那种旺盛的精力，那种按捺不住，和精致在某种意义上正好是相反的。阿城是拼命的节制，莫言是拼命的放纵。我觉得写作总是在两极上比较愉快。反正两人的长处都是显而易见，我希望自己能有莫言的放纵，就像希望有阿城的精致一样。

余：你跟我多次说到对阿城的喜欢，也许是我个人记忆的选择问题，你跟我提到阿城的次数远过于其他人。我不知道你对阿城的“钟情”是在哪一点上。阿城固然是小说家，同时也是文体家，也许是八十年代以后为数不多的可以称为文体家的作家。

叶：你是做研究的那种表述。对我来说就比较直接，他的文字比较有趣，很多人的文字没趣。

余：我不是研究当代文学的，我读他的东西也完全是趣味主义。我的印象当中，八十年代以来，要论文字，论文字有韵味，似乎没有其他哪位作家给我留下的印象能超过他。有时候用京剧里的“板眼”来描述读他文字后的感觉很合适，真是一板一眼。他的作品，不光是小说，像《威尼斯日记》，甚至漫谈中国小说的《闲话闲说》，都有一种韵味。因为后来都是笔记小说或者随笔札记一类的东西，文体家的这一面就更为突显。我们接触比较多，对你的口味也算有些了解，你对阿城的兴趣我是可以想象出来的，但是另一方面，莫言相对于阿城而言，似乎与你的距离更远一点。

叶：反差更大一点。莫言的句式很可怕，“爆炸”二字本身也很能体现出他的文风。

余：反正这不可能成为阿城小说的篇名。

叶：我觉得《爆炸》的那种句式，那种形容，那种放纵，那种蛮不讲理，那种大胆，都是中国过去的小说家所没有的。

余：莫言的文字的确如你所说，放恣得很，富于侵略性、扩张性，酣畅淋漓，野味十足。

叶：他的文字会让人产生很清晰的印象。像《爆炸》，写小孩在母体中像定时炸弹，主人公要离婚，于是逼老婆去打胎，他必须排除这颗定时炸弹，那种感觉非常奇特。阿城的东西，我比较容易找到它的源头，在某种意义上可能与我的文人趣味更接近，这是毫无疑问的，而莫言给我带来更多的是一种惊喜。阿城让我想到的是应该，莫言让我想到的是可能。阿城很简单，那是我们传统一路过来的，好小说就应该这么写，好文字应该这么炼。就像写毛笔字临帖一样，其实是很正宗的，其中的师承我很熟悉，从《世说新语》一路过来。而莫言这一路，或许他与拉美爆炸文学有点关系，新颖的比喻，通感，奇特的夸张，那种艳丽，浓得化不开。阿城是一定要写好，莫言是不怕写坏。

余：你和这两位作家是不是很熟悉?

叶：不是很熟悉，与阿城从未见过面，莫言见过几次，都是匆匆忙忙。我曾向他表示过我的敬意，他有一篇谈吃的散文很棒，我当面吹捧了几句，他似乎有些不好意思。

余：和这两人不很熟悉，言下之意，当然是另一些作家与你关系更近一些。

叶：不熟悉的根本原因是他们都成名太早，莫言虽说比我大不了几岁，出道要早好几年，所以我跟他们不是一茬作家，人家“革命资历”比我们老。

余：你看作与你“一茬”又很熟悉的，是指哪些人?

叶：很多。

余：是不是指余华，格非，还有苏童?

叶：余华和格非我很熟悉，当然最熟悉的是苏童。这几个人彼此都是好朋友，同时还有个特点，地理上的“吴越”可以都包含进去。格非是镇江人，苏童是苏州人，余华是浙江海宁人，都在长江下游这一小块地方，大家生长的环境差不多。也就是说，有非常相近的地域文化背景。还有一点，走上文坛的时间也差不多，几乎是同时参加“革命”，评论家常常有意无意把这几个人放在一起说事。

余：你觉得你自己与这几人相同的地方多吗？

叶：我想是有一些。我不知道他们怎么想，起码我自认为是这样，只要是与这几人在一起，我没有产生过任何不愉快。我们经常见面，彼此很熟悉，和苏童是生活在同一个城市，在同一个会计那里拿薪水，我们在一起始终很愉快。这几个人碰到一起总是觉得很亲切，相逢一笑，也无须说很多话，那种感觉的确很好。

余：私交是一回事，我更感兴趣的还是写作。从我有限的阅读来看，这几人的作品还是各是各的路数，差异是很明显的。

叶：这是毫无疑问的。作家都应该是一个人，作家永远是单数。如果一个作家仅仅是靠和另外几个作家名字连在一起而存在，那是件很煞风景的事。我愿意提起他们，并不是这几个人名字常被放在一起，我想更重要的是，有了一些接触之后，我们发现彼此在为人和性格上都有一些接近的地方。

余：更多的还是像人们通常选择朋友的标准，不太涉及文学趣味这一面。

叶：当然也包括文学趣味，如果我不喜欢他们的作品，所谓的友谊便会大打折扣。我想我们首先是文学观念上的志同道合。

余：不妨逐一欣赏一下，你在一家杂志上开过“专卖店”，“卖”了不少作家朋友，比如说余华。

叶：我和余华第一次见面很有趣。那次是和苏童一起，与余华约好了在上海车站碰头，然后去见一个台湾的出版商。苏童此前和余华见过一次面，印象不是很深，而我是根本没见过。苏童印象中的余华，只是“个子不太高”，上海火车站人海茫茫，“个子不太高”的人太多了，结果我们站在那儿，一旦看到有点“形迹可疑”的，就冒冒失失喊一声：“余华！”喊了一次又一次，前后总有一个小时，被喊的人没一个有反应，最后觉得这种做法太蠢了，只好放弃。

余：这是很滑稽的一幕。

叶：我们直接去了台湾人住的酒店，在酒店门口，正巧碰上余华。我们的第一个冲动，就是向他描述刚刚在火车站的愚蠢行为，大家傻笑了半天。

余：余华当时说了什么？

叶：记不清了，反正他觉得我和苏童是有些蠢。其实余华这小子也有糊涂的时候，有一段时间，他给苏童打电话，经常串到我这边来，总是一开口："苏童——"我说我不是苏童啊，那边就说："噢，兆言，兆言，我又打错了。又打到你这儿来了。"然后就是一连串的笑声，大约号码本上我和苏童写在一起，他老拨错。

余：我想不管怎么一见如故，如果你原先读余华的作品，对它不感兴趣，甚至格格不入，那再多一些火车站的奇遇，也不会有你说的那种亲切感。

叶：有时你想见一个人，有时不想见一个人，实际上是有先入之见的。心有灵犀一点通，有些话用不着多说。举个例子，父亲去世后，我写了篇散文《纪念》，余华看到后立刻给我写了一封很短的信，就一两句话，大意是文章写得真好，可惜太短了。信很短，就一句话，非常简短的一句话，但是你能感觉到他要表达的意思。说"知音"这类的话太俗气，但是确实有"心有灵犀"的感觉。许多事情尽在不言之中，其实我们之间也没有过所谓的"畅谈"，比如谈小说如何如何，好像作家同行在一起，即使像我们这样的关系，也很少在一起议论文学。碰了面都不知谈了些什么，话似乎也说了不少，也没什么要紧的。至少从我这一方面讲，能有这样一个朋友，挺好。

余：像这些关系比较近的作家，你对他们的作品是否关注呢？

叶：恰恰是看的。倒不是像你说的那样，跑一百米时觑着对手，促使我去看的原因，似乎是出于友谊。余华的东西出来了，总得看看，看了也就看了，其实以后碰在一起，未必会和余华谈他的小说。拿到苏童和格非的作品也是一样，我都会翻翻，就算是对朋友致敬吧。不是当竞争对手，潜意识里有没有这层意思不好说，但是最本能的反应，就是刚才说的，朋友又有东西出来了，该看看。有时看得很仔细，有时也看得很潦草，看得仔细和潦草与作品好坏并没有多少关系，主要是看自己忙还是闲。空闲的时候会从头到尾看得很细，忙起来也就草草翻翻过去了。余华的《许三观卖血记》是我读得最认真的，那时我正好比较闲，好像是刚完成一部长篇。有时候正忙着，杂志上有他们的东西，也就马马虎虎地看几眼。当代作家的作品我其实看得非常少，尤其是真的以作家为职业以后。看得少的一个最主要的原因，还是可以看的东西太多了。我平常的阅读量很大，小说甚至文学只是我阅读的一小部分。

余：不管是读得仔细还是潦草，你对这几人的写作总有自己的印象了——我们不谈判断，只谈印象。

叶：我想余华是这几人当中最聪明的一个。吴越有别，越人与吴人还是有所不同的，我曾经跟苏童开玩笑，如果是战争年代，余华也许能成为一个将军，如果下海可能会成为一个很厉害的商人，我们这几人中大概也只有他能下海。他的聪明绝不是其他几个人能望其项背的。

余：你所说的聪明已不仅仅限于写作上了，是人聪明，涉及智商一类的概念了。

叶：我举个例子。比如下棋，我们有次去海南，他和王干下围棋，王干那段时间下棋很认真，不时看看棋谱，自我感觉颇好。一盘棋下来，王干赢了，连声说余华不行，水平相差太远，没办法跟他下。余华红着脸一声不吭，接着下第二盘和第三盘，居然活生生就把王干打败了。王干输得没脾气，说余华太厉害，下围棋现学，棋力长得那么快，实在少有。

余：格非呢，你们是什么时候认识的?

叶：认识格非似乎还在认识余华之前，是一起到山东去领奖。他是半夜到的，自说自话地在车站的草地上睡了几个小时，第二天一早才赶到宾馆来。因此，他见到我们时是一副狼狈憔悴的样子。我和格非见面的次数很多，主要是开笔会。有一次，一个月内竟然连碰到三次面，见了面彼此都觉好笑，都说，又碰到了，都烦了。如果我们四人同时都参加某个会，通常是苏童和我一个房间，余华和格非一个房间。大概两三年前，我们到杭州去领奖，我和苏童一个房间，余华和格非一个房间。有天晚上大家一起去茶馆，泡得很迟，我不习惯睡得太迟，格非大概也是，两人就先回去，临时换房间，格非住到我们房间。我们刚离开茶馆，他们就笑开了，说："这两个小子又要出事了！"因为有次在海南就出过事，也是这种情况，余华要熬夜下棋，格非就睡到我这边来了，结果那天门锁有点问题，销不上，凌晨时三个歹徒闯了进来。

余： 竟然有这种事情。

叶： 因为晚上睡得很晚，凌晨正是最好睡，迷迷糊糊地听到翻东西的声音，以为是格非睡不着在找安眠药，好半天都是这样，于是我就坐起来，只见三条大汉猛扑过来，手一晃，有什么东西喷到了我脸上，登时喊不出来，也动弹不起来，模模糊糊感到格非也坐了起来，紧接着也倒下去了，过好半天才听到格非说了一声："太野蛮了嘛。"

余： 你们真是幸运，没把小命丢掉。这种事情，显然有一定的危险性，事后想想，你们怕不怕？

叶： 应该说有一点，我们在海南时，是治安最不好的一段时间，常有刑事案件发生。

余：估计这些歹徒使用的是什么新式武器。

叶：也许是报纸上所说的那种女子防身装置，是一种小型的喷雾器，被喷者在刹那间完全失去抵抗能力。

余：这差不多可以说是一件奇遇了。

叶：所以在杭州，我和格非又要住一个房间，余华和苏童都窃笑，因为都想起了那次的经历。

余：你们几个人中，格非最小，他的孩子现在多大了？

叶：好几年前，格非到南京来，我与另一个朋友劝他，结婚都那么多年了，赶紧生个小孩罢。格非很认真地问我们一句话："万一不是女儿怎么办？"

余：印象中，格非好像是有个儿子？

叶：是的，他很多心思都花在儿子身上，也许已经忘了当年说过的话，现在，我和他在一起，老听他说起自己的宝贝儿子。

余：外界都知道你和苏童最接近，你们常被一起提到。

叶：这说起来都有点无聊了，大家低头不见抬头见。不过，我依然还能记得第一次见面时的情景，有一次，《钟山》杂志召开南京的作者会议，那是我记忆中，第一次有机会以作者身份参加这种聚会。当时苏童借调在《钟山》，整个会议期间我没发言，苏童大概因为是刚去的小编辑，也没发言，因此我对他没有任何印象，我想他对我也一样。开完会后，李潮心血来潮让我到他家去玩，苏童跟李潮的弟弟韩东熟悉，也去了，因此，我们是在那儿，也就是说在李潮家，才算正式认识的。

余：是不是一见如故？

叶：这倒谈不上。当时大家什么都不是，人又多，只能算互相认识了，彼此知道个名字。我们是在不知不觉中熟悉的，有一个很长的过程。我想，我们被放在一起的重要原因，是当时的处境比较接近，都是小说已开始能发表，有几个人喊好，但是时不时还会有退稿。我们同时在文坛上起步，受到相同的文学期刊抬举，于是就像包办婚姻一样，硬是被指定在一起了。其实，苏童要比我小六岁，他虽然也有挫折，仍然属于少年成名。

余：听说苏童很喜欢体育。

叶：苏童活得最有情调，这一点，我们都不能和他比，他的喜欢体育几乎是职业的，是真入迷。

余：我见过你谈苏童的文章，关于你们之间的关系，读者最好是去看这些文字。我现在有兴趣的，是你能不能谈谈他们小说的反响。

叶：说到小说反响，最有人缘的当然要数苏童。我想这不仅仅是因为电影，虽说电影是一个很重要的原因，我想与他小说的抒情性有很大关系。苏童的小说通常是抒情的，尤其是短篇，那种童年视角，那种纯真。苏童的纯真和余华不一样，余华的“真”很冷酷，甚至是残酷。苏童的小说却是一个脑子有点问题的少年，带点梦幻色彩看世界。我对苏童曾有过一个形容，他的故事五颜六色地镶在玻璃球里面，你看得很清楚，想接近却接近不了，玻璃球在转动，里面的色彩便跟着变化。所以苏童的小说很有魅力，这两年余华的小说也开始火爆起来，从商业角度来讲取得很大的成功，但是就人缘而言，至多就和苏童打个平手。

余：苏童确实是有人缘。我在学校教书，有时问问学生，当代作家中比较熟悉哪些人，苏童是常被提起的一个。这两年余华也开始热了，与过去不同，相比起来，格非似乎寂寞一些。你们几个私交不错，相互吹捧不免有“后台叫好”的嫌疑，因此，我们就不再纠缠具体的作家，因为我的研究基本上是新文学作家，读当代作家的作品时常有意无意会拿来与现代作家做比较。我想如果把八十年代末到九十年代的作家构成一个代的概念，和一九四九年以前的那一代作家相比，做个整体评价应该是怎么样的？

叶：要做一个整体评价的话，我觉得从八十年代中期开始，小说文体，小说语言，都有一个巨大的进步。这种进步是普遍水准的提高，不仅仅是某一个人或几个人。如今，在文坛上要想能够站住几天，总的来说，他的文字水准要比二三十年代好，二三十年代很多作家，包括一些名家，文字常常是离谱的。

余：不谈成就的高低，因为文学成就高低有时不完全是文学的因素决定的，仅从叙事技巧、小说观念而言，八十年代中期以后的作家要成熟得多，复杂得多，开放得多。我们现在一提现代文学，往往就是那几大家，往往忽视了另外的问题，就是那时的普遍水准。

叶：所以今天的作家既幸运也很不幸。前面我们已经说过了，像吴组缃那样的文字，在三十年代很出众，摆在今天不说寻常，起码是不难得。普遍水准高了，突破的也就相对减少。不管怎么说，现代汉语已经进步了，有些老作家讲年轻作家的文字基本功不好，我不知道这是针对什么而言，如果是指小说语言，我觉得不是一个真实的评价。我当编辑的时候，接触过许多老作家，他们文字上表现出来的幼稚，让我震惊。

余：前不久，集中读了一些文学杂志，看了几篇小说，莫言的一篇，苏童的一篇，韩东的一篇，再往前还看过余华的一个长篇，印象是叙事都相当老练成熟。像苏童的一篇，叙事很圆熟，文字也非常干净。

叶： 对当代的作家而言，文字技巧已不是大问题。说谁语言好，不能算是好的评价。我们这一代作家面临的最大难题，是还能写出什么新的玩意儿来，是还能无中生有制造出什么东西，关键只是在这里。文学说到底，是看创造力。

余： 当代文坛有创造力吗?

叶： 不多，起码是不太多。

叶兆言在一家杂志开过“兆言专卖店”，将他熟识的一些作家朋友一一“出卖”，弄这本谈话录，可以说是转过头来“卖”自己。话虽如此，因有“专卖店”在前，我站在读者的立场上，倒希望他来谈谈同行，于“卖”己的同时捎带着也再“卖卖”友。这话题他是情愿谈的。喜读“酷评”或“骂派”文章的读者在他这儿多半会感到失望，并非他对当代文坛没有微辞，只是，说他宽和敦厚也罢，谨慎世故也罢，反正不好的话他通常不说，他只说他有好感的同行和朋友。说不说是一回事，他若说了，那肯定是真话，比如他对同行朋友的赞许，就绝非敷衍之词，我听得出来，他的确是欣赏，或是佩服。

这篇谈话结束，整个访谈也就完了。以谈论同行结束全篇，并非早有预谋。事实上书中各篇的排序没有任何人为的安排，就以时间的先后为序，完全放任自流。谈话原本就是想到什么说什么的。我的疑问是：在将这一篇重看一遍之后，看到最后，发现并没有个收束，说了就了了。我不能免俗，总觉着到临了多少该有些“曲终奏雅”的意思。对叶兆言说了，他不以为然。他有个很自得的为文秘诀是：“想在哪儿停就在哪儿停，没有什么不能停的。”对此我始终不敢苟同，也许脑子里面清规戒律太多，总以为苏东坡“行于所当行，止于所当止”的“当”字还是大有讲究。不过这是谈话，叶兆言说随意些更像谈话，于是谈话录即以不了了之——虽则我们早有共识：一切访谈其实都是伪谈话录。

附录：柳树开始的对话

叶：这是南京的一个作家和一个画家之间的对话。我印象中，在南京写作也好，画画也好，心里想什么不是很明白，想做什么也不是很明白，但我觉得在这个地方，包括我自己，有一个好处就是想做，喜欢做，好多事情是凭着本能去做，有一种要做的本能，我不知道你觉得怎么样？一句话，这是个能干些事的地方。

杨志麟（以下简称“杨”）：南京这个地方应该讲有它一定的特殊性。我们两人都是在这儿生活了多少年，总的来说就是越熟悉的城市越迷惘。我们想起的可能是一些琐细的东西，琐细不能合成一个整体的气氛。就像我自己画画一样，我觉得也是蛮难说，非常非常难说，这可能是一种困难，自己能力不够。

叶：我突然想到了柳树。历史上的南京有很多柳树，甚至在我童年的记忆中，柳树也随处可见，“无情最是台城柳”，这个城市无论如何变，柳树还是柳树。秦淮河畔，各种各样的水塘边，是地方就能见到柳枝飘拂。柳树有一种苍凉感，一旦发生战乱，战后萧条，只有一样东西会不经意间又生气勃勃地长起来，那就是柳树。我觉得柳树的性格某种意义上代表了这个城市的传统，怎么都能活下去。

进入二十世纪，南京最扎眼的却是法国梧桐。法国梧桐是外来的洋树，是因为修中山陵，从法租界买的，还真是法国的树苗。这几千株树，改变了南京的品味，它在传统的伤感中间增加了民国的一点华贵气。南京有了法国梧桐，给人的感觉和以往已不一样，用时髦的话说，也是一种断裂。你不能说洋化都是坏事，你不能说法国梧桐是坏事，对南京人来讲，这树也已和日常生活融为一体。我们现在面临的一个最大问题，是南京的法国梧桐也在消亡。砍树犹如一场残酷的战争，这几年，我感到忍无可忍的是流行草地。树给人是个立体的感觉，草地……老是有人在那儿浇水，当然我们人多，我们不惜人力。

杨：你刚才谈到柳树，的确是这样，我少年住在秦淮河边上，柳树给人带来的感觉确实非常古典。

叶：和法国梧桐不一样。

杨：它的姿态，一个是向下，一个是往上长。你讲的其实是垂柳，非常古典的中国化，法国梧桐和中国垂柳生长方向是相反的。

我看中山陵的老照片，知道中山陵有目前这样的外形，是跟很多人去种树有关系，中山陵原来是以灌木丛为主的，现在发展为以北方雪松为主的造型了。诸葛亮站在城市中的五台山上，给南京一个描述——虎踞龙蟠，那是站在五台山的某一个高处讲的。今天我们站在五台山上，恐怕是再也说不出虎踞龙蟠这个句子了。我曾经也想找找，这个地形地貌诸葛亮是如何看出来的，有过一次，很偶然的，一个黄昏，由于光线的原因，南京呈现出一种起伏较大的逆光外形，确实有那么点影子。南京市中多处的盆地构成一种特殊的环境，确实与周围城市形状上形成差异。我想诸葛亮这样一个蜀国的人，他是见惯了高山的，经过长途的跋涉到了江南这个地方，很少再看到城市中的山峦起伏，而南京恰恰是这样一种地形。当然，今天的南京跟当年是完全不一样了。

叶：张恨水曾在南京住过很长时间，那时候没高楼，每天将东面窗户打开，远远地能看到紫金山。你想象那有多好，穿过一个城市，紫金山就在面前。季节不同，气候不同，山的变化也不同，像一幅活的画。这种意象真是很美。我为什么要对树一直耿耿于怀，树有一种藏的作用，很多矮房子藏掉了，而且树有变化，不同角度不同季节，都不一样。

杨：一说南京，就谈到树，谈到秦淮河。这就像一谈中国，就想起黄河，黄河作为象征之所以比长江好，可能与它河水的荒茫有一定的关系，如果它不像现在这样荒茫，这个象征说不定会变的。

叶：历史上的黄河并不是今天这个样子。秦国当年得到天下，这和所处的自然环境分不开，当时的秦国水利丰富，有非常多非常多的水，大水绕长安，整个西安地区水源非常丰富。秦国能够得天下，有天时更有地利，汉唐成为中国的盛世，也是一样道理，自然条件好，农业就发展，人口就增加。然而，人口骤增是灾难的开始，人多了，就要垦荒，结果造成水土流失，沙漠化。人征服自然不一定都是好结局，从大历史看，黄河流域在很长时间内比长江流域富裕。黄河是中国的一条胳膊，已经废得差不多，如果长江再糟践下去，可能也得废。中国再是伟大的巨人，没有了两条胳膊，天知道会怎么样？

杨：古代的秦淮河与今天的差异想必极大。河边桃叶渡的水流得很急，以至于王献之每天要在渡口接桃叶。今天的桃叶渡已变成好像两三步就可跨过去了，水又如此的臭。

叶：我这地方离秦淮河非常遥远，不知道你有没有感觉到隐隐约约的臭味，因为今天风太大了。这很遥远，不是几百米，是上千米，这条河散发的气味在城市的上空像旗帜一样飘扬。

杨：秦淮河水如今连蚊子也受不了了。

叶：从秦淮河可以说到南京的作家、南京的画家。我在外面经常碰到一些朋友，有的是货真价实的朋友，有的只是初见面，他们都会客气地说你们南京作家很棒，南京作家很好。我不知道你有没有听到这样的奉承话。

杨：当然有。有一些美术史概念的人都会谈到南京，尤其是明清以后。应该说有很多画家都跟南京有瓜葛。

叶：不，我是指当代。

杨：噢！当代……

叶：不知道你对画界的印象怎么样，我对文学界一向持非常世故的态度。这种世故也是南京人的本性，我习惯于不置可否。坦白地说，我对此并不满意，这首先也包括对自己的不满意。我觉得南京作家人数众多，创作量比较大，只有一种表面的繁荣。南京作家作品中奇异的东西太少了，换句话说，我觉得是创造欲不够。人数众多不能说明问题，这里的作家普遍缺少一种奇异。我对“奇异”非常喜欢，没有奇异，就没有创新。也许，你不能说它全不好，尽管有相当一部分是真的不好，但通常来说，还勉强说得过去，但是它不奇异，也就是说它不杰出。此外，作品里没有真挚的激情，它只是让你感到这里有一大堆从事生产的人。有时我也对自己的生存状态产生怀疑，因为我想作家肯定不是一个手工业生产者。历史上说到南京，动辄就说六朝烟水。《儒林外史》中，一个卖菜的，一个挑大粪的，也说他身上有烟水气。汉字很有意思，这烟水气是什么，烟水和烟火一字之差，味道完全不一样。我不知道你们画家怎么样，但我认为南京作家烟火气太重了。

杨：这我也有同感，在那些“清高”的画面背后，有两种不一样的生存，都是我所不喜欢的。第一种“好死不如赖活”，活着就是目的。第二种“适者生存”，适应得太快，而这种变化又不是从创造力旺盛来的，有人说南京的画很“温吞”，这个“温吞”可能是温和，也可能还有别的东西。

叶：讲温和，其实是一个让步句，它已包含不满意在里面。

杨：早两年，中央电视台把南京画家拍了一遍。当电视台把这四五个人、七八个人（我也在其中）放在一起，做一个并列的节目播出来，里面流露出一种多少有点酸溜溜的气息，这个倒是一个警醒，尽管这个片子是说南京画家都很好……有一个北方来的记者，看到我的画以后，他用了一个词，他说，你们这个地方的东西是不是都是长毛的。意思是因为潮湿，就会产生一些非常细微甚至多余的东西。我跟他讲长毛好呀！长毛就复杂了，丰富了。当然，从正面讲，愿意艺术复杂一些、多变一些，但多余的、世故的复杂就不一定是好。

我对于前面提到的两种生存都有些反感，一种是被动式的，一种是主动式的，主动式的人往往太“要”，用好的词说是“奋斗”。被动式的人就太自然化了，这两种方式实际上强调的都是“适应”，而艺术往往强调的是“不适应”，就是所谓“愤而疾书”，所谓“有感而发”，所谓“诗言志”。

叶：我不是太明白，我觉得两个都差不多，主动和被动有区别吗？

杨：当然从活着的意义说，生存是必需的。我的体会是，艺术是生命的进一步阐释和延伸，这从有人类开始一直是这样的。艺术的主旨不是抱残守缺，当然人类的历史一长，东西一多，保守就出现了，越老越保守。保守也是自然生存的一种必然方式，应该说我们身处在南京很清楚，南京的保守是非同一般的保守。

叶：当年北大是新文化的基地，中央大学是旧文化的基地，南京保守是有名的。

杨：保守也不是凭空的，保守除了他个人的一种情趣之外，实际上是有完整背景的。就如一个前卫的人，他要有非常的生存观，才能做得相对好一些。

叶：前卫更多的应该是种姿态。我们说自己是艺术叛徒，这是从事创作的人要做的一件事情，艺术的真谛就是要背叛原有的那些东西。你背叛，才能创新，写小说就是对小说的背叛。很多从事艺术的人，一开始并不是自觉地去想这个问题，而是出于本能，某种意义上有点像农民起义。在一个沉闷的时代里，只有造反才可以引起轰动，只有这样才能更快地获得效果，更快地有影响，背叛往往比继承更容易引起轰动。我本身很赞同造反，前卫就是造反。

艺术应该是为造反而造反，造反就是它的目的。我曾经听你谈过变色龙这个概念，在变色龙那里，造反只是一个手段，造反是为了招安，农民起义的目的是想捞个一官半职。所以造反浪得虚名以后，很快就回归所谓的传统。艺术叛徒可以有两种，后一种人摇身一变，成了一个成功者，成了艺术发展的绊脚石。造反给学习写作的人找到一条终南捷径。传统是世故的，你造反时它排斥你，造反弄出一点名堂来，它就会找个理由招安。在今天，我们不能不说毕加索传统，如果说毕加索今天还是造反的，那很可笑。毕加索已经成为美术史上的正宗，也就是说，谈论美术史不能不说他，毕加索不正统，就没有什么正统。传统就是这样，传统永远世故。因此一个真心从事创作的人，应该造反到底。但是我们所面临的更大问题就是，更多的人只是用造反谋利。

杨：是啊，这也是一个叫人不太舒服的地方。任何一次文化运动之初，我们都看到一些激情，或者说在大的方面看到一些可能性。但是往往人流一多，品质就产生了变化，就是所谓变色龙的变化。变色龙的讨厌是把很多东西搅得非常的含混。如果它仅是丰富性，这倒是比较好的一件事情。但是它带来的不是丰富性，实际上是清晰。这种变化实际上是蛮叫人沮丧的。它在艺术中掺杂了一些成分进去，产生了一些变质。不过作为他本人来讲，也许没有变质，因为他本来就是变色龙，他就是在绿颜色树上是绿的，在红颜色树上是红的。这样的人就不好讲是“艺术的叛徒”，只能说是“艺术的追随者”。

叶：我们总是讲，要丰富，要宽容，要百花齐放。有时候必须很清醒地认识到一个最简单的事实，丰富和宽容会掩盖很多问题。其实写作本身是不宽容的，作家和作家之间的区别，有时大得相当于动物和动物之间的区别，譬如啮齿类动物和鱼的区别，所以说，一些作家是作家的话，就意味着其他类的作家不是作家。我不认为作家协会的人都是同行。

杨：因为心中有很多很多的问题，我也就参加了很多研讨会，应该说跟你有同感，研讨会上常常是鸡同鸭讲。我在研讨会上自己坚持几个原则：多听，不争辩，甚至于也不阐述。大概我做的一些事情主要是做说明，因为差异实在太大，一争辩，彼此时间都被浪费了，而且会搞得非常混淆。我们现在面临的问题实际上非常之多。我感到，作为一个接触艺术的人，他必须有一个立场，甚至于必须要有一种姿态。这种姿态很重要，这个姿态反映了他的立场，使自己凸显在人群之中，也就构成了危险性，姿态于是有了内容，试想，没有危险性、没有危机感搞什么前卫！谈什么创造性！

我之所以想谈这个话题，是因为生存必须有环境，也必须有生存态度的，不同的环境、不同的物种会长出各种各样的花来。可能是红颜色，可能是黄颜色，也可能是蓝颜色，它就是不一样。长处南京会消磨掉很多感觉，出去走走，你会发现：人，彼此相似又那么的不同。

叶：我只是想表明他们完全不一样，并不是谁应该，谁不应该，谁对，谁错。在各类会议上，你会听到很多关于文学的发言，这些发言对文学的描述，与我毫无关系。我不能说它是错的，但是它与我格格不入。我讨厌开会，开会是在承受一种羞辱。

杨：参加这些活动也有好的地方，就是反观自己。

叶：我觉得这种活动对我没有任何好处。

你曾经说过，毕加索最好的作品，在四十厘米里就能解决。我很有启发，这让我回忆起上大学时，初次看到毕加索时产生的激动。后来，我有机会在圣彼得堡的冬宫看原画，一同去的人都走了，就像没看到一样，我在那儿激动万分，真想喊两嗓子。有趣的是，一幅小的毕加索印刷品，同样也曾让我产生一种冲动。原作再次让我们激动不已，原因可能在于，我们需要这样一个东西。如果我内心不需要，一切就等于零。我突然觉得我比过去更了解毕加索，通过看原作，唤起了当年看印刷品时的记忆。也许跟画画的人完全不一样，画家必须多看原作，更多地强调原作，“啊，那跟原作完全是两回事呀……”对于一个外行就没有那么讲究，艺术更多是一种领悟，有时候应该使复杂的东西简单化。

杨：实际上有些东西，在你内心，才能由外面的东西把你引动起来。

叶：我想说的就是这一点。

杨：我们有时候被艺术打动了，是非常奇怪的，甚至于不需要太明确的理由。

叶：我想我们最初都是被印刷品感动的。

杨：当然，我们共同拥有艺术欣赏的简陋时期，先被印刷品打动，后又被原作打动。一九九六年我在荷兰的“梵·高美术馆”看到梵·高去世前的数十幅作品，其中一幅竟像柯罗的画那样宁静，不！甚至柯罗都没有表达出那样的宁静。梵·高最后的一年，是精神病频发的一年，他时刻处于狂躁与平静的交替之中。那幅画中有异乎寻常的宁静，一下子打动了我，我流泪了，说不清是感伤或是悲哀，我觉得这是和美感有关系，它实在就是一种美，一种超乎寻常的美，在我们现在的生活当中实在是太缺少了，为此流泪。也许我内心是有着这样的悬念，有着对宁静的愿望，所以一下子被它打动了。

叶：我们所以被打动，是内心需要被打动。

杨：所以说观众与艺术品是互动的。

叶：我们经常会用的一个词是“这个不行”。“不行”两个字很有意思，什么东西最好，很含糊，我们没有办法把握什么是最好。它不像穿鞋子，大也不好，小也不好，怎样好，穿脚上才知道。一个艺术作品真很难说最好，最好要有很多东西，包括你刚才讲的，要有被打动的可能，要有艺术准备。但是说不行非常容易，你可以轻易判断，说不行是低层次的，任何人都可以做到。譬如玄武湖的一段城墙是很著名的一个风景，过去外地来朋友，我的一个看家的本领就是，如果要让他喜欢这个城市，就让他在这个城墙上走一圈。几乎没有人不惊叹，当时杂草丛生，那种感觉奇妙绝了，紫金山，鸡鸣寺，玄武湖，尽收眼底。后来一修就惨不忍睹，有关部门让我提意见，我上去看了以后，没有草，没有树，真是非常痛苦，就像被砍了一刀。当时也没什么好讲的，结果已经如此，还有什么好讲的呢？后来我非常感叹地说，不管其它怎么样，先把上面两个巨大的铝合金的亭子去掉。即使对于一个对南京历史什么也不知道的人，他也忍受不了，这是绝对不行的，你们赶快把它拆掉。

杨：这一点也蛮叫人悲凉的，因为不行的东西实在太多了。我们经常接触艺术问题，艺术中出现了那么多的不行，还不是继续在做！

叶：其实讲到不行，有时候说白一点，就是人都应该谦虚一点。为什么他没有意识到不行呢？就是他太相信自己。人不能太相信自己。譬如说在城墙上建铝合金亭子，制订方案的人太相信自己。钱钟书曾经讲过一个笑话，在某个艺术沙龙，一位法国女人装腔作势地大喊：我不知道什么叫好，我只知道我喜欢什么，我喜欢的就是好的。有个艺术家就回敬了一句话，说：对的，你的这想法完全与动物一样。我觉得这笑话很有意思，现在很多事情为什么会那么糟糕，就是因为自以为是的动物本能在作怪。他觉得这样就行了，他太相信自己。

杨：是啊。我还是第一次听到这个比喻，但我觉得非常贴切。因为这样的情况不仅仅是出现在普通人身上。八十年代，南艺曾请美国的史论家讲现代艺术，其中说到抽象艺术中的“书法派”，这个派别诞生时曾受到中国书法的启迪，这个启迪主要是指意念上的……史论家没讲完，南艺的一位名教授站起来就说：这些老外一点都不懂中国书法。说这话时他满脸的自信，其实美国人的话是什么意思他都没听懂。现在回想起来，对别人太缺少了解是不行了，太盲目也就会导致太简单，而太简单的自信只能是愚蠢。

叶：搞艺术的人或许都有荒诞和不通的另一面。我们现在讲的，是从做法对不对这个角度，从趣味性上讲，我想毕加索也会做出此类很情绪化的傻事，我觉得情绪化也很有意思。

杨：当然这种行为更像艺术家，很直率，但是，这样的简单化也实在叫人难以忍受。

叶：你讲的是高层次，一下从低层次抬高了。我想讲的是，不行其实有很多还是低层次的。你刚刚说这些人受过美术教育，我讲的不行是指一点没有，就是说完全是凭直觉，他脑子里就是这样简单无知。

杨：但是要知道很多建设的权力，都在这些人手里。

叶：所以我觉得一个社会里不行的声音多一点是好事。不行也是艺术，自己老得问是否不行，每个人在做事以前，不要不懂装懂。不管怎么说，知道不行还是很容易的，不容易的是怎样才行。就我个人的想法，对一个从事写作的人来讲，他永远在寻找新，寻找最合适。最合适是最难的，也许一辈子从事艺术，始终没有达到最合适，或者说根本就到不了最合适。整个艺术活动就是这么个过程。艺术就是追求最合适。一方面明白最合适是不可能达到的，但我想如果心目中放弃这种追求，就没什么意思。

杨：我很喜欢读小说，读小说占了我很多的时间。你的小说去年读得比较多，长篇就有五六本吧；书中的形象一多，小说就变成一团团的气，模糊了，但又整体了。比如说什么是叶兆言创作的形象呢？单个的说真说不清，但我不管你写的什么样的人，都感到很亲近，这个亲近与南京有关系。也许你的人物生在明朝，是河南人，但那些生活中的琐细，是南京人才能感觉到的。我记得《状元境》前面大概一千字：一个英雄站在桥头，那个桥马上给我感觉就是文德桥。那个英雄形象久久地散失不去，因为那个形象非常的南京化。有英雄气，但显然是败落了，而且是站在一条非常感伤的河上。我感觉到这种情境，就像南京人所处的一样，它就是在这样一种情境……

另外一点，我喜欢小说的一个原因是，我对时间非常重视。

叶：一个绘画的人，对时间有兴趣，应该说很奇异。

杨：小说的能耐恰恰就是表达时间。

叶：时间问题是小说的命脉。

杨：绘画实际上也有。当然，一个不太懂绘画的人，他一眼就把一张画看完了。但我去看画，比如说看毕加索的画，我当然先看他的一整幅画，然后就开始看他从什么地方画起的，又在什么地方结束。确实能看出来。我觉得非常有趣。

叶：你讲的是绘画本身的时间，这出乎我的意料。我想的只是画面中透出的时间信息，但是你现在告诉我的不是时间信息，你说的是个作画的过程，很有趣。

杨：我不谈它的色彩，明亮也好，灰暗也好，我们不谈这个问题。我们谈它从什么地方开始，到哪里结束。每个人的节奏感是不一样的，这里面有非常大的美感因素。有很多人不重视这一点，他重视的只是一个结果，他不重视整个表达的过程。所以有些人画得累呀！

叶：这实际上牵涉到如何欣赏作品。对待小说也是这样，很多人只看个故事，而故事恰恰是没有什么意义的。小说的故事根本不重要。一个写小说的人，很想让人家知道他怎么写，为什么这么写，而不是为了告诉你故事，小说无法没有故事，即使什么故事也没有，你仍然在叙述一个什么都没有的故事。

杨：这吊起我很大的兴趣。就是说，你更愿意让人知道你是如何写作的？

叶：对。这很重要。

杨：那么像你是如何解决这个问题呢？

叶：我常常处于这种状态，对自己要写的东西非常模糊。但是，不知道写什么并不是没什么可写。所以我说是在等待。为了等待到不同的信息，它很可能产生一个自己完全不知道的状态。写作本身是一次戏剧表演，所以我写作特别怕打扰。一个写作的人是非常可笑的，有很多说不出口的小伎俩，但这又是很有趣。

杨：写作与画画的状态可能非常重要，这种状态等待到了，就特别地怕打扰。举个画家的例子，傅抱石作画不许人看，有时家人不小心打扰了，他愤怒至极，能把砚台扔过去……

叶：创作的确有神圣的地方，有时候，打扰的后果非常严重。作为普通人，我很难回避被打扰的尴尬。你正在写，有人打扰你，他会说，抱歉啊，打断你写作了。话虽然这么讲，他其实并不觉得有什么。我也没有达到傅抱石那样能把砚台扔出去的境界，你以为你是谁，但是内心确有这样的躁动。所以我经常感叹，说我祖父有一个最大的好处，就是别人不敢打扰他。

杨：有没有这种可能性，就像跳高运动员一样，他的状态一辈子可能就这么一次，能跨过一个高度，就像当年朱健华跳高破世界纪录一样，他跳过去一次，当横杠掉下来了，他想再跳第二次，但他意识到可能再也跳不过去了。有没有这种可能性？

叶：我想绝对可能。

杨：比如说在一种比较好的状态下，你感到完全表达出来了。可能一篇小说是在你非常合适的状态下开始写作的，但是非常不幸，你被打断了。

叶：对。写作很不痛快的一个最大原因，是你觉得它不是你最好的时候。你本来可以达到最好，但是你被打断了。

杨：是的，一被打扰，就什么也没有了。有时你正在状态上，下笔如飞，有如神助，但一打扰灵感就消失，好的状态不容易等来。

叶：二十年前，袁运生曾来南京办过画展，当时我们正在上大学，我有个印象，那一阵非常疯狂。绘画的写作的，都吃错了药似的，很热烈。现在回忆这一段，我觉得很温馨。它虽然很幼稚，却充满了活力。我不知道你当时是不是也疯狂？

杨：一样激动。我记得这个展览，前后去看了三次，并且一直在寻找机会听袁运生说些什么，因为太想知道产生绘画的背后的东西是什么。

叶：我很喜欢当时的气氛，那几天整天泡在那里，吃在那里，一片混沌，就记得很戏剧性。现在回想仍然很有意思，我想不明白袁运生画的那些怪怪的牛，和我有什么关系，但当时的确打动了我，这毫无疑问。我想这又回到刚才说的造反情绪，可能当时正好刚开始写作，内心充满了激情。

杨：袁运生当时显然是英雄。在我们眼里，实在是难以形容。最重要的是他形成了一个参照系。虽然这么多年过去，当时的情形记得非常清楚，犹如昨天。后来袁运生出国，袁运生引起的旋风逐渐淡下来。

叶：你曾经讲到的现在的袁运生情况，我觉得很有趣。

杨：最近接待过一次袁运生，请他讲课，再交谈交谈。我很惊讶：袁运生在外形上没有任何变化，这么二十年没见，见到以后，他还是那样，有一种恍若隔世感。但在我心里还是有些感到异样，最后我发现，袁先生的个子好像变矮了，这不是一般的矮，起码矮了二十公分。我把这个感觉一说，大家都有同感……

但一个成年人变矮了，可能吗！为什么？不知道……

叶：我想这中间是否也透露了一个小秘密：你觉得他变矮了，实际上是我们长大了，毕竟二十年过去了。

杨：有可能。

二〇〇〇年八月　河西碧树园

跋

叶兆言

记忆常常靠不住，这本书的内容完成后，我曾感叹，要是能找到几张当年读书时的照片就好了。印象中，大学时代没有拍过照。本书的合作者余斌却纠正说，当年我们不仅有照片，而且那次逃学骑车去浙江，还带着照相机，带着三脚架。这让人感到很吃惊，我的记忆一定出了什么问题。

我一度是很爱好摄影的，上大学前，是个不错的业余摄影师，拍照片屡屡得到祖父的表扬。七十年代中期，照相机比较罕见，我有个品牌不错的查尔基4型相机，还自制了全套暗房设备，有放大机，有上光机，甚至有闪光灯。记得那时候买放大纸，是论斤购买，用脸盆洗印照片，动作很大，很可以蒙蒙人。自从有了上大学的念头，就像是戒鸦片，突然与摄影就此告别。大学四年，没人知道我擅长洗印和放大技术，直到临毕业做纪念册，我才跳出来大显身手。当时每人拿出一张底片，每张底片得印五十多张，那是我最后一次在暗房里干活，顺便还培养了几位弟子。

失去记忆的根本原因，也许是不愿意记忆。人一生中可以兴致勃勃读许多书，但是大多数内容都忘了。我和余斌从踏进大学校门，就成为最好的朋友，二十多年来，在一起说过的废话，成千上万。七年同窗，“诗成有共赋，酒熟无孤斟”。如今回想，仿佛梦中的情景，仿佛一个世纪前的故事。当年心血来潮，有了什么小说构思，总是把他拉到一边胡扯，逼着他听，说完就忘。

这本书是对友谊的一种纪念，又一次过了嘴瘾，并且玩了一回时髦。挂一漏万免不了，失之东隅，未必收之桑榆，只能聊胜于无。

二〇〇〇年十一月二日　河西碧树园

回忆果然靠不住，最稳妥之计莫过于记录在案，白纸黑字想赖也赖不了。人生到处知何似，应似飞鸿踏雪泥，时间一晃，本书内容过去已久，都是十年前说的旧话。当时觉得很麻烦，心里没谱，两位熟悉的朋友谈天说地，怎么就变成了一本书。现在有机会重新出版，首先要向出版社表示感谢，其次感谢为此书破费的读者，谢谢你们支持。书店里没有作者的书，或者有书却无人购买，都是很尴尬。

二〇〇九年十月十九日　河西

这是本书第三个版本，我希望是最后一版，前面两版早就脱销，二十年过去，又增加了几层时间的包浆。访谈录作为一种时髦，颇为流行，在我的诸多访谈中，只有这一本是最特别，因为友人中，只有余斌最了解我，不折不扣的难兄难弟。这本书将永远纪念我们之间的友谊。

二〇一八年十二月十六日　下关三汊河